< SÉRIE QR >

---

N$^{o}$ 173

# LE POIDS DES CHOSES

Ouvrage publié avec le concours du
Centre national du livre (CNL).

—

Diffusion au Canada : Dimedia
Diffusion en Europe : Harmonia Mundi Livre

—

Titre original : *Die Schwerkraft der Verhältnisse*

Paru pour la première fois en 1978 chez S. Fischer Verlag,
disponible depuis 2022 chez Suhrkamp Verlag



—


www.lequartanier.com

Dépôt légal, 2022
Bibliothèque et Archives nationales du Québec
Bibliothèque et Archives Canada

ISBN 978-2-89698-621-7

MARIANNE FRITZ

# LE POIDS DES CHOSES

*roman*

TRADUIT DE L'ALLEMAND (AUTRICHE)
PAR STÉPHANIE LUX

•

SUIVI DE
« MARIANNE FRITZ »
PAR ADRIAN NATHAN WEST

LE QUARTANIER

Le Quartanier Éditeur
C.P. 47550, CSP Plateau Mont-Royal
Montréal (Québec) H2H 2S8

# LE POIDS DES CHOSES

## WILHELMINE N'EST PAS BERTA

Wilhelmine gardait un souvenir aussi précis que douloureux des événements de l'année 1945. Car ce n'était pas à son cou à elle, mais à celui de Berta, que Wilhelm avait passé la chaîne avec la petite madone. Or, c'était Berta qui n'était plus vierge, et non elle, Wilhelmine : le ventre de Berta le prouvait sans conteste. Malgré toute l'amitié que Wilhelmine lui portait : Berta était peut-être encore assez bien pour Rudolf, mais certainement pas pour Wilhelm.

« Rudolf est doux et docile. Il a tendance à ruminer. Il a besoin d'une poigne ferme ; de quelqu'un qui a les pieds sur terre. C'est un rêveur ; un contemplatif. Rudolf a besoin qu'on le dirige. Il a besoin d'une femme qui sait ce qu'elle veut. Berta, tu n'es pas celle qu'il lui faut. »

Wilhelmine avait-elle donné cette réponse à son amie lorsque celle-ci lui avait confié que Rudolf lui plaisait bien ?

« Berta ! Malheureuse ! Tu ne pouvais pas choisir un meilleur moment pour faire un enfant ? Et si Rudolf ne rentrait jamais du front ? D'ailleurs, parlons-en, de Rudolf ! Lui qui n'est même pas capable de saigner un poulet, tu le vois élever des enfants ? Le pauvre diable, l'âme la plus pacifique qu'on puisse imaginer, tout le contraire d'un bagarreur, le voilà au front, et toi, tu ne trouves rien de mieux qu'avoir un bébé ! Enfin, Berta ! C'est de la folie ! »

Wilhelmine avait-elle donné cette réponse à son amie lorsque celle-ci lui avait confié que la dernière permission de Rudolf n'était pas restée sans conséquence ?

Si c'était le cas, l'avis de Wilhelmine changea du tout au tout au moment où, en lieu et place de Rudolf, un inconnu du nom de Wilhelm Schrei se présenta, remettant à son amie une marguerite et une lettre, que Berta prit comme s'il s'était agi d'une précieuse parure. Avant de dire « Aha », pas même « Merci ». Un inconnu parcourait tout le chemin de Francfort-sur-l'Oder à Donaublau en des temps aussi incertains, et tout ce que Berta trouvait à dire, c'était : « Aha. »

Elle souffrait, d'accord, mais c'était un peu fort,

tout de même ! Wilhelm, le pauvre diable, ne savait plus quoi dire. Et que fit Berta Faust ? Oubliant tout bonnement sa présence, elle se rassit sur sa chaise, passa sa main sur la nappe pour en ôter un pli imaginaire et répéta « Aha », sans même lever les yeux.

Ainsi était Berta Faust. Jamais dans le présent, la tête toujours ailleurs.

Dans son malheur, Berta avait néanmoins la chance qu'elle, Wilhelmine, soit là. C'était elle, Wilhelmine, et non Berta ( ! ), qui offrit à Wilhelm du schnaps, du lard et du pain ; des trésors que le père de Berta, et elle, Wilhelmine, et non Berta ( ! ), avaient achetés dans des fermes ou au marché noir. Wilhelmine laissa Wilhelm, manifestement affamé, manger tranquillement, ne posant les questions qu'aurait dû lui poser Berta qu'une fois ralenti le rythme auquel il reprenait du lard et du pain.

« Bon. Rudolf est mort au front. Il n'est pas le seul. Mais j'aimerais quand même en savoir un peu plus : comment est-il mort ? Est-ce que ça a été rapide, ou est-ce que ça a traîné ? »

Le pauvre diable était tellement intimidé, tellement désarçonné par le silence inhospitalier de Berta qu'il ne semblait pas très disposé à parler de ces choses dont il faut bien parler une fois pour toutes, avant de pouvoir tourner la page.

Non vraiment, Berta n'avait pas le moindre égard

pour ce pauvre soldat tout juste rentré du front. Et c'était elle, Wilhelmine, qui devait se lamenter du malheur de Berta !

« La pauvre ! Ils étaient faits l'un pour l'autre ! Et maintenant ça. Un enfant en route, sans homme à la maison. Quelle absurdité ! Qu'est-ce qu'une femme enceinte pourrait bien faire avec plus rien qu'un croque-mort, qui est son propre père, en prime ? La famille Faust ne comptait pourtant pas moins de quatre gars bien vaillants, avec Rudolf, le gendre ! C'est à en perdre la tête ! Enfin, Berta, dis quelque chose ! »

Berta eut un petit rire et dit : « Aha. »

« Qu'est-ce que tu as à rire comme ça ? Qu'est-ce qu'il y a de drôle ? s'emporta Wilhelmine, scandalisée, avant de se tourner vers Wilhelm : Karl était encore le plus correct des trois fils Faust. Lui au moins, il a donné de ses nouvelles en mars 1945. On a donc su qu'il se trouvait à l'hôpital militaire de Castelfranco, aux environs de Modène. Alors que Richard, son jumeau, était trop paresseux pour écrire. Pas une seule lettre depuis mars 1944. Pourtant, ce n'est pas si loin que ça, la Haute-Silésie ; il aurait quand même pu essayer d'avoir deux, trois jours de permission ! Quant à Wastl, on aurait dit qu'il avait oublié qu'à Donaublau, une mère et une sœur attendaient un signe de vie de sa part. Wastl à Grajewo, Karl quelque part vers Modène,

Richard en Haute-Silésie. Je n'appelle pas ça des nouvelles. Ils n'auraient pas pu trouver quelqu'un à qui confier une lettre pour la maison ; au cas où ils n'en réchapperaient pas ? Ça a quand même dû leur traverser l'esprit, non ? Enfin, Berta, dis quelque chose ! »

Berta ne disait rien.

« Non. Ça ne peut pas continuer comme ça ! Il faut faire quelque chose ! Vous ! Vous allez rester à Donaublau, pas vrai ? De toute façon, toutes les villes se ressemblent, maintenant. Un champ de ruines est un champ de ruines. Où qu'on soit, il faut recommencer à zéro. Les fils Faust dormaient dans la pièce d'à côté. Trois lits, deux armoires, une table et trois chaises, ça devrait vous suffire ? » dit Wilhelmine en lançant à Wilhelm un regard plein d'espoir.

Wilhelm était resté. Mais l'alliance qui changeait tout, et qui en réalité lui revenait de droit depuis le premier jour, Wilhelmine ne la portait que depuis le 13 janvier 1960. Enfin, l'essentiel, c'est qu'elle la portait.

La chaîne avec la petite madone, elle, était toujours en possession de Berta.

Wilhelm était loin de se douter à quel point cette chaîne avec la petite madone mobilisait l'ardeur de Wilhelmine. Lui l'avait complètement oubliée.

Wilhelmine mettait les doutes et ruminations

sur le même plan que l'alcoolisme, la toxicomanie ou le tabagisme, et Wilhelm, après quelques si et quelques mais, quelques pour et quelques contre, avait fini par lui donner raison. Au fil des années, Wilhelmine s'était habituée à faire triompher ses avis, accompagnés par Wilhelm de quelques pour et contre, de quelques si et mais, lors des disputes conjugales. Cette habitude se doublait d'un vague malaise qu'elle exprimait en s'exclamant : « Wilhelm, il faut faire quelque chose ! »

Leur foyer était parfaitement ordonné ; son emploi de femme de ménage dans les bureaux du docteur Ulrich Reichmann et ceux du cabinet Müller-Rickenberg à Donaublau remplissait sa fonction alimentaire et, autrefois du moins, suffisait à canaliser l'ardeur de Wilhelmine. Ce qu'il restait de son ardeur wilhelminienne, elle le brûlait d'ordinaire au cours des longues disputes conjugales.

Mais, au bout d'un moment, il devint impossible d'ignorer que l'ardeur de Wilhelmine exigeait un nouveau champ d'action, qui élargirait son horizon. Wilhelmine se décida donc, après des années d'atermoiements, à prendre énergiquement en main le dossier Berta. Tandis qu'elle préparait le petit déjeuner ce matin-là avec des gestes aussi rapides qu'adroits, mûrissait en elle le constat suivant : « Il faut conclure le dossier Berta une bonne fois pour toutes. »

Wilhelm avait vaillamment espéré échapper à ce coup du sort; il s'était d'ailleurs bien battu et y était parvenu pendant trois ans. Mais Wilhelm vieillissait, et en vieillissant il se voyait contraint de tirer les conséquences d'un fait bien connu de lui : « Wilhelmine n'est pas Berta. »

« Laissons le passé en paix ! Ces choses sont arrivées ! Je ne peux pas les effacer ! » C'était là fréquemment, au cours de ces trois années, l'avant-dernier argument de la dispute conjugale, et son dernier argument à lui. À sa femme, Wilhelmine, revenait toujours la responsabilité de la dernière contribution à la dispute conjugale, car elle avait toujours la réponse imparable qui réfutait l'argument de Wilhelm, son interlocuteur. Celui-ci, convaincu que toute dispute conjugale devait avoir un gagnant et un perdant, se cantonnait au rôle de perdant, ce qui ne le chagrinait pas le moins du monde. Ce qui le chagrinait bien davantage, c'était le constat mûri avec le temps que sa Wilhelmine non seulement pouvait se montrer catégorique dans ses avis et ses conceptions, mais avait aussi tendance à vouloir les imposer.

« Nous nous sommes mariés le 13 janvier 1960. » C'est par ces mots que Wilhelmine entama la conversation du petit déjeuner en ce 13 janvier 1963, bien décidée à investir coûte que coûte son nouveau champ d'action. Et avec une sombre détermination, elle attendrit la coquille de son œuf du dos de sa cuillère.

« Et le 13 janvier 1960, c'était l'anniversaire de Berta », contra Wilhelm, s'efforçant d'avoir l'air particulièrement placide et commode, mais surtout de rayonner d'une humilité paisible, alors même qu'un sourd pressentiment se mettait à hanter ses neurones tel un fantôme, ce qui n'était pas sans effet sur son sourire, et eut donc pour conséquence immédiate de rendre Wilhelmine songeuse.

## LE SOURIANT WILHELM

Le sourire de Wilhelm était toujours très apprécié. Cela se traduisait en généreux pourboires, qui venaient arrondir de manière plus qu'appréciable son salaire de chauffeur et homme à tout faire de Johannes Müller-Rickenberg, et qui, dans le foyer Schrei, étaient désormais comptabilisés comme prime fixe. Un état de fait qui encourageait fortement les talents du souriant Wilhelm. Wilhelm savait qu'un bon sourire résultait d'un bon dosage, comme un bon plat d'un bon assaisonnement. Le plus important, selon Wilhelm, chauffeur et homme à tout faire, était d'évaluer correctement ses passagers.

Le sourire de Wilhelm disait à Johannes Müller-

Rickenberg que Wilhelm était humble, un peu limité mais discret, et qu'il était un chauffeur et homme à tout faire habile, rapide et fiable. Ce que Johannes, le patron, savait en outre de son Wilhelm, c'est qu'il voyait tout et ne voyait rien, entendait tout et n'entendait rien, saisissait tout et ne comprenait rien. Autrement dit, Wilhelm était le chauffeur parfait, l'homme à tout faire idéal. Et le sourire de Wilhelm confortait son patron dans cette image qu'il avait de lui. Wilhelm savait exactement quand il était judicieux d'ajouter à sa recette un soupçon de dévouement ou d'éclairer son air limité d'une once de malice, savait en quel lieu et en quelles circonstances son sourire exprimait mieux son absence ou sa présence, savait par quel sourire conforter quel passager dans une idée dont celui-ci était convaincu depuis longtemps. Il maîtrisait ainsi le sourire dubitatif, le sourire de rumination ou le sourire entendu, le sourire limité et le sourire fin, le sourire clairvoyant ou aveugle, le sourire consciencieux, le sourire de l'esprit soumis et dévoué, ou de l'esprit insoumis, enclin à une pensée critique, et ces sourires n'étaient jamais maladroits ni transparents, ils étaient toujours nuancés, et lui-même se tenait toujours prêt à y réduire, accentuer ou faire disparaître telle ou telle tonalité. Les primes qu'il lui valait n'étaient pas les seules à encourager ce don impressionnant pour le sourire tout en nuances. Son esprit, qui avait tendance à se perdre dans les si et les mais, les sans oublier que, au vu des circonstances ou en tenant compte du fait que, encourageait lui aussi la diversité de ses sourires. Il croyait tout et rien, il doutait de tout et de rien, il était le rêveur né qui ne rêvait jamais. Bref, il était un digne représentant de sa nation.

## LE SOURIANT WILHELM ET L'ARDEUR DE WILHELMINE

Wilhelm était parfaitement conscient, dans l'exercice même de son sourire, qu'il n'avait pas choisi le bon. Wilhelmine vidait sa coquille d'œuf bien trop posément. Malgré un effort certain de réflexion, il n'aurait su dire ce qui le chagrinait le plus, de son sourire raté ou du souvenir de l'ultimatum de sa Wilhelmine, qui, trois ans plus tard, était étonnamment vivace.

« Si tu veux m'épouser, ce sera le 13 janvier 1960 ou rien. »

Revivant soudain les affres de cette période tourmentée, Wilhelm eut le pressentiment que ce troisième anniversaire de mariage commencerait par un nouvel ultimatum. Malgré les si et les mais, les pour et les contre, il devait se montrer prudent, particulièrement prudent au vu des circonstances.

Même si, à considérer l'état d'irritabilité de Wilhelmine, la prudence n'était peut-être finalement pas une si bonne idée, car Wilhelmine pouvait, en de telles situations, considérer celle-ci comme une faiblesse de caractère. Si en revanche il se remémorait la période précédant le 13 janvier 1960, plusieurs éléments plaidaient en faveur de la prudence. En effet, à ce moment-là, il aurait mieux valu, sans doute, en tout cas, se montrer prudent.

« Wilhelmine ! Enfin, tu n'y penses pas ! Le 13 janvier, c'est l'anniversaire de Berta ! Non. Nous ferions mieux d'éviter ce jour-là.

— Ah bon ! L'anniversaire de Berta ? Eh bien, tant pis, je ne changerai pas d'avis. Ce sera le 13 janvier 1960 ou jamais !

— Mais ma petite Wilma ! Le chiffre 13 ne renvoie pas seulement à l'anniversaire de Berta, c'est aussi très clairement un chiffre porte-malheur. »

Wilhelmine avait secoué la tête en éclatant d'un rire enthousiaste, quoiqu'un peu sombre. « Qu'est-ce que tu peux être superstitieux ! Ah, cette pauvre, pauvre Berta ! Elle était tellement superstitieuse, elle aussi ! Non. Non. Wilhelm ! Si tu n'as pas le courage de passer avec moi devant monsieur le maire le 13 janvier 1960, tu n'es qu'un lâche. Or, moi, je veux un homme ! Un homme qui soit à mes côtés printemps comme été, automne comme hiver, chaque jour de l'année ! Je n'aime pas les demi-mesures. »

À l'époque, il aurait sans doute mieux valu ne pas mentionner l'anniversaire de Berta. Cela voulait-il pour autant dire que, trois ans plus tard, une recherche prudente d'objections à l'ardeur de Wilhelmine était la bonne stratégie ? Wilhelm finit par se résoudre à attendre de voir ce que sa Wilhelmine allait au juste lui présenter. Peut-être avait-elle raison, après tout, et peut-être avait-il tort. Pour l'instant, la seule certitude, c'était que Wilhelmine menait l'offensive ; tout le reste était hypothétique.

Le serment qu'il s'était laissé aller à lui prêter dans les lits jumeaux le laissait songeur. « Mon petit trésor. Ma bonne Wilma, avait-il commencé en rejoignant Wilhelmine sous les draps. Demain, c'est notre troisième anniversaire de mariage. Tu n'avais pas oublié, n'est-ce pas ? Par tous les saints (!), ma douce colombe, je te donne ma parole d'honneur de chauffeur. Que dis-je ? Je te jure en tant qu'homme responsable, en tant qu'homme de parole ! que je veux à l'avenir anticiper tous tes souhaits, avait-il promis en baisant bruyamment et avec délectation le visage de son petit trésor. Je veux exaucer tous tes vœux avant même que tu les exprimes. Ma douce Wilma, mon abeille travailleuse, mon amante innocente ! Grave ce serment dans ta mémoire ! Notre troisième anniversaire de mariage vaut bien ça !

Par tous les saints ! Cela ne fait aucun doute pour moi. Il vaut bien un tel serment. »

D'un côté, le corps de Wilhelmine, par son animation substantielle, s'était exprimé en faveur de son serment de manière fort agréable pour lui.

D'un autre côté : et si elle prenait ce serment trop au pied de la lettre ? Au vu de la tendance de Wilhelmine à exiger inopinément l'exécution de ce genre de promesses, il aurait peut-être mieux fait, quitte à prêter serment, de formuler ledit serment de manière un peu plus souple et moins catégorique.

« Il se trouve que le 13 janvier 1963 est non seulement notre troisième anniversaire de mariage, mais aussi le quarantième anniversaire de Berta. Je me suis donc dit : Wilhelm, il faut faire quelque chose ! Je dirais : allons donc rendre une petite visite à Berta, ça lui fera plaisir. De toute manière, il faudra bien la rendre, cette visite de courtoisie. Et si on ne la rend pas aujourd'hui, quand la fera-t-on ?

— Je m'en doutais, se lamenta Wilhelm, une miette de pain en profitant pour se ficher dans sa trachée, miette qu'aucune quinte de toux ne parvint à déloger, si bien que les larmes lui montèrent aux yeux et que son teint, jusque parmi ses cheveux clairsemés, fit la démonstration flagrante de sa bonne circulation sanguine.

— Comment ? Tu t'en doutais ? Peut-être même

que tu l'envisageais déjà toi-même ? J'ai tout de suite su que mon Wilhelm tenait ses promesses. Ce n'est pas un hasard si nous portons le même nom. Ce n'est pas un hasard ! Nous sommes vraiment faits l'un pour l'autre, ça finit toujours par se vérifier. »

Et le caractère de Wilhelmine, qui appréciait les situations claires, stimula sa circulation sanguine à elle aussi, animant ses yeux, sa bouche, ses narines, changeant son visage bien nourri en beauté automnale.

Elle adressa à Wilhelm un sourire façon été indien, aussi tempéré que radieux, puis se décida à gratifier d'un commentaire la bataille que menait celui-ci contre la miette de pain.

« Wilhelm ! Ne me dis pas que tu as avalé de travers ! s'exclama-t-elle, inquiète, tandis qu'il parvenait enfin à envoyer ladite miette dans son œsophage.

— Non, non, toussota Wilhelm, s'essuyant les yeux dans sa serviette rouge, avant de se passer la main droite dans ses cheveux prématurément gris, de toussoter de nouveau, la main devant la bouche cette fois, s'efforçant aussi dignement que possible de faire taire son angoisse en se réfugiant dans le vade-mecum de l'homme réfléchi qui ne craint pas les aléas de la vie.

— Juste une fausse route », dit-il, accueillant avec

un hochement de tête d'une élégance exemplaire l'exclamation de sa Wilhelmine, dont la bonne humeur matinale, ainsi qu'il le constatait à présent, n'avait pas encore atteint son point d'orgue : « J'en étais sûre ! »

Après un assez long silence, censé souligner sa réflexion, il poursuivit : « Tu sais, Wilhelmine, j'ai d'abord eu l'impression, effectivement, que je pouvais avoir avalé de travers. Mais il s'avère en fin de compte que je me suis trompé. »

Et Wilhelm prit la plus belle rose du bouquet de roses qui soulignait la solennité de ce 13 janvier 1963 et la tendit à son épouse avec un sourire qui la fit rire de bonheur, les joues rosies comme une jeune fille, tant elle était émue.

« Arrête, Wilhelm, souffla Wilhelmine. Arrête. » Dans son esprit, le sourire et le geste de Wilhelm montraient que, malgré les éventuels si et mais, les pour et contre qu'il lui adresserait pour la forme, il approuvait la cible que s'était fixée son ardeur. Ce qui ne l'empêcha pas de garder soigneusement pour elle l'arrière-pensée scabreuse, le sentiment de bonheur quelque peu douteux qu'elle éprouvait à l'idée de rendre enfin une visite de courtoisie à Berta.

La chasse aux idées à laquelle se livra Wilhelm fut fructueuse. Un nombre impressionnant d'idées remarquables pour le programme de ce jour de fête jaillirent de lui toute la matinée, jusqu'à la table du déjeuner. Mais toutes ces idées finissaient par être ramenées à une seule conclusion.

« Tu as parfaitement raison, Wilhelm, ta proposition est un réel enrichissement pour le programme de notre troisième anniversaire de mariage. Vraiment. C'est une idée charmante. Une idée délicate. Mais d'abord, il faut faire quelque chose ! Il le faut ! Il le faut ! Il le faut ! Nous n'avons pas le droit de ne penser qu'à nous. Nous ne pouvons pas faire comme si Berta était au cimetière. »

## UN HOMME TE FAIT UNE PROMESSE ET TU ES PERDUE

La chambre numéro 66 était équipée d'une cage. Cage qui, vue de la porte, séparait la rangée de lits de gauche en deux parties.

Avant que Berta Schrei ne perde l'usage de la parole, elle disait souvent : « Un homme te fait une promesse, et tu es perdue. Mais mémère, si je peux me permettre », ajoutait-elle en désignant de ses mains tremblantes comme celles d'une vieillarde sa voisine de lit immédiate, la cage, avant de fixer la petite vieille de ses yeux exorbités où clignotait l'effroi, ne poursuivant qu'une fois que celle-ci l'y autorisait d'un hochement de tête.

« N'ai-je pas un joli motif au mur ? Je sais, je sais, mémère. Un homme te fait une promesse, et tu es perdue. Mais si je peux tout de même me permettre. Je veux dire. Vous voulez bien, mémère ? »

La petite vieille hochait de nouveau généreusement la tête.

« Oui, oui, elle est belle, cette tapisserie », disait Berta en jetant un regard incrédule à la cage à côté d'elle. Sur ce, la petite vieille assurait que Berta disait vrai, d'autant qu'elle commençait à se détacher de ce terrible fantôme qui est le produit d'une imagination malade et qu'on appelle la vie. Raison de plus, cela ne faisait aucun doute, pour bénir Berta, qui était si bonne élève. Et elle bénissait sa chère Berta.

Après une telle bénédiction, celle-ci, très honorée, se murmurait de plus belle la leçon qu'elle avait tirée de sa vie : « Un homme te fait une promesse et tu es perdue. »

## WILHELMINE, TRÉSORIÈRE MODÈLE

Tandis que Berta Un-homme-te-fait-une-promesse-et-tu-es-perdue échafaudait une nouvelle fois une vérité supérieure pour s'expliquer la présence de la cage, Wilhelm et Wilhelmine croisèrent dans la cour de la forteresse un homme important, la cinquantaine, avec un début de calvitie, des joues de hamster et de petits yeux de cochon.

Le chauffeur Wilhelm leva son chapeau avec sa mine la plus obséquieuse ; même, il rougit.

Wilhelmine s'exclama, abasourdie : « Qu'est-ce que c'est que ça... » sans pouvoir résister à la tentation de suivre la boule des yeux.

« C'est le professeur Gottfried Trimm, le médecin-chef, chuchota Wilhelm en jetant à sa femme, qui n'avait aucun égard pour ce genre de hiérarchie, un regard effaré, implorant.

— Ah oui, dit Wilhelmine, qui commenta : Il bouffe trop.

— Wilhelmine !

— À moins qu'il ait un problème de thyroïde ? »

Wilhelm ferma les yeux très fort, les rouvrit et regarda Wilhelmine, déjà résigné à son destin.

« Wilhelmine, commença-t-il, puis, comme s'il doutait lui-même de l'utilité de ses paroles : C'est quelqu'un d'important.

— Qu'est-ce que j'y peux ? » rétorqua Wilhelmine en se retournant vers Wilhelm, fâchée.

Ils restèrent un instant plantés dans la cour de la forteresse, perplexes, jusqu'à ce que Wilhelmine désigne d'abord l'aile nord, puis l'aile est du bâtiment.

« Berta est soit dans cette aile-ci, soit dans celle-là. Elle doit bien être quelque part. Attends ! Je vais demander au médecin-chef ! » dit-elle en faisant mine de rejoindre le parking. Wilhelm réagit aussitôt ; plus de doutes ni de ruminations ; retenant Wilhelmine par la manche, il répliqua : « Il n'en est pas question. Je ne le tolérerai pas. »

Une telle détermination troubla Wilhelmine et la rendit songeuse.

« Arrête de tirer sur mon manteau.

— Laisse-le tranquille. Il n'aime pas qu'on vienne le déranger quand il est en train de penser. Et il pense presque tout le temps !

— C'est quelqu'un de pressé ?

— Il rend visite à la comtesse plus souvent que sa propre fille. Et écoute-moi bien, trésorière modèle ! Même s'il vient chaque mois au cercle des hommes, il voit aussi son beau-frère en tête à tête, et son beau-frère n'est autre que mon patron. Et ses pourboires sont aussi réguliers que mon salaire est insuffisant. Et tu serais prête à sacrifier une telle prime, trésorière modèle ?

— Je sais, je sais, marmonna Wilhelmine, à contrecœur, puis : Pas besoin de me faire un discours ! Est-ce que je connais les humeurs de tous les gens importants ? »

Wilhelmine avait mauvaise conscience.

Sentant ses qualités de trésorière modèle remises en question, elle décida : « Il faut faire quelque chose, Wilhelm ! On ne peut pas débarquer comme ça sans prévenir. Il faut que tu apprennes les nouvelles à Berta avec le plus d'égards possible. On ne sait pas vraiment ce que cette personne prête à tout a encore en commun avec notre Berta. Tu me feras signe dès que tu auras clarifié la situation. »

Wilhelmine était très soucieuse. Et si Wilhelm ne trouvait pas les mots, si sa maladresse provoquait une nouvelle crise chez Berta ? Et si Berta Schrei avait tellement décliné qu'elle n'était plus en état de comprendre ce que Wilhelm lui annoncerait ?

Vraiment ! Wilhelmine trouvait plus qu'héroïque de laisser aller son Wilhelm seul et de lui confier une responsabilité, dont il saurait, espérons-le, apprécier l'honneur. Espérons ! L'ardente Wilhelmine souffrait comme Prométhée enchaîné. Attendre en espérant que Wilhelm agisse raisonnablement sans son tutorat avisé était un poids quasiment impossible à porter, mais restait une occupation plus agréable que la question de la prime Trimm. Le destin avait décidé que cette personnalité importante était si absorbée par ses importants problèmes qu'elle ne pouvait reconnaître l'humble chauffeur et homme à tout faire de son beau-frère, même sur le terrain asphalté de la forteresse. Quoi qu'il en soit : le professeur Gottfried Trimm, le médecin-chef, prit la direction du parking, Wilhelmine, tiraillée entre les craintes les plus diverses, celle du parc de la forteresse, et Wilhelm, celle de la forteresse elle-même, sans abandonner tout à fait l'espoir qu'advienne un imprévu qui lui épargnerait cette épreuve.

## UN ÉLAN IRRÉSISTIBLE M'A POUR AINSI DIRE POUSSÉ VERS VOUS

C'est ainsi que Wilhelm Schrei, vêtu de son costume du dimanche, un bouquet de roses rose pâle à la main, entra discrètement dans la chambre numéro 66, précédé de l'infirmière en chef Gotaharda, qui se sentit pour ainsi dire obligée d'annoncer elle-même l'événement rarissime : il y avait de la visite pour la chambre numéro 66. « Berta ! Ma chère enfant ! Sais-tu qui t'amène l'infirmière ? Non ? Tu ne sais pas ? Enfin, Berta, c'est pourtant l'heure des visites. Tu ne devines toujours pas ? » lui demanda l'archange supérieur, son visage baroque rayonnant de ce sentiment de glorieux triomphe que celui qui sait éprouve parfois face à l'ignorant craintif néanmoins rempli d'espoir.

Wilhelm Schrei parcourut les visages des oubliées avec un sourire humble et doux, auquel il trouva opportun d'adjoindre un soupçon d'embarras. « Pardonnez ma présence ! C'était plus fort que moi. Un élan irrésistible m'a pour ainsi dire poussé vers vous », semblait-il dire ainsi, sans qu'il soit besoin de s'encombrer de mots. Lorsque Wilhelm Schrei découvrit enfin Berta Schrei, son sourire se fit encore un peu plus doux, encore un peu plus embarrassé, comme s'il s'excusait encore un peu plus de sa présence.

Berta, qui se tournait les pouces dans son lit, eut un petit rire, osa lever les yeux une seconde, baissa la tête, gênée, et se tourna les pouces de plus belle tandis que ses joues se coloraient d'un délicat voile rosé.

Wilhelm se sentait comme d'ordinaire ces dernières années lorsque, l'été, une brume lourde et chaude pesait sur la ville de Donaublau, s'enfonçant lentement dans le lit étroit de la rue du Jour des Morts, comme si elle avait l'intention de s'y installer pour toujours.

## WILHELM ET LA BRUME AU-DESSUS DE LA VILLE DE DONAUBLAU

Il comparait volontiers cette nappe de brume à un hippopotame : « Où que je sois, il faut toujours que cette satanée bestiole se pose exactement sur moi ! On dirait qu'elle veut absolument m'écraser de tout son poids ! » se lamentait-il, après que son imagination avait produit un pesant hippopotame qui fonçait droit sur lui. En proie à l'insomnie, il se tournait et se retournait alors dans le lit jumeau, se redressait, effaré, appelait Wilhelmine, qui ronflait, paisible, et qu'il devait secouer vigoureusement plusieurs fois jusqu'à ce qu'elle se réveille enfin et qualifie, en des termes plus ou moins directs, les plaintes de Wilhelm d'inepties.

« Wilma ! Appelle le docteur ! Femme ! J'ai besoin d'aide ! Tu entends ! J'ai besoin d'aide ! Mais réveille-toi ! »

Il happait l'air comme un poisson hors de l'eau, et son cœur battait la chamade, à un rythme qui lui semblait étrangement irrégulier. Une nuit, il avait même galopé comme un cheval de course, et Wilhelm avait bien cru que, s'il ne pressait pas la main assez fort contre l'étalon récalcitrant, celui-ci allait faire exploser sa cage thoracique ; ce qui signifierait la perte de son meilleur cheval de course, et donc, comme il n'en avait qu'un seul, la ruine de son existence.

À peine était-il assuré que la pression de sa main avait permis d'éviter le pire qu'il lui semblait que les battements de son cœur ralentissaient pour devenir bientôt imperceptibles et, presque, s'arrêter.

En général, à ce stade de la vaillante lutte de Wilhelm contre la mort, sa petite femme était réveillée et exprimait son avis avec une certaine impatience, mais non sans bienveillance : « Enfin, tu devrais avoir compris, depuis le temps. Il fait lourd, c'est tout. Dès que la pluie arrivera, tu te sentiras mieux.

Tu ne vas pas être à l'article de la mort à chaque fois. »

La mort : le mot fatidique venait d'être prononcé.

Cette nuit-là, Wilhelm se mit à claquer des dents, et son corps à trembler comme une feuille, au point de mettre en mouvement les ressorts du lit conjugal et de faire tanguer la lourde Wilhelmine telle une chaloupe ballottée par les vagues, ce dont elle prit acte, plus ahurie qu'agacée. Vite, elle chercha à tâtons l'interrupteur de la lampe de chevet, bien déterminée à tordre le cou une bonne fois pour toutes aux peurs fantomatiques de Wilhelm.

Aussitôt la chambre baignée de lumière douce, Wilhelm cessa de trembler et de claquer des dents.

Wilhelmine, qui s'était aventurée une seule et unique fois sur le lac lors d'une balade en barque avec Wilhelm et avait eu le mal de mer, ainsi qu'elle l'avait exprimé haut et fort : « Wilhelm ! J'ai le mal de mer ! Je ne supporte pas de tanguer comme ça ! La barque, mon Wilhelm ! La barque, elle chavire ! Tu sais bien que je ne sais pas nager ! C'est épouvantable ! Tu veux ma mort, ou quoi ? Il faut que ça cesse ! Tout de suite ! Rame ! Ramène-moi immédiatement ! » Wilhelmine donc, qui détestait absolument quand ça tanguait, constata avec soulagement que ça ne tanguait plus.

Mais à peine Wilhelm s'était-il habitué à la lumière qui enveloppait la chambre des époux

Schrei que les ombres de l'armoire, de la psyché et du caoutchouc dans son pot répandirent dans la pièce une atmosphère fantomatique de chambre mortuaire.

Et Wilhelm se mit à trembler et à claquer des dents de plus belle, intensément.

## LE SOURIANT WILHELM SE REND COMPTE AVEC SOULAGEMENT QU'IL EST UN CITOYEN LAMBDA

Wilhelm savait ce qui se faisait et ne se faisait pas en public. Le Wilhelm qui luttait vaillamment contre la mort restait donc exclusivement réservé à sa petite Wilma; la chambre numéro 66, elle, dut se contenter d'un homme essuyant la sueur qui perlait sur son front à l'aide d'un grand mouchoir blanc, puis rangeant avec des gestes laborieux ledit mouchoir dans sa poche de pantalon, l'y reprenant aussitôt pour se moucher longuement. Cette procédure terminée, Wilhelm se souvint de ses cheveux gris, où il pouvait passer sa main de nouveau libre; après cela, il eut encore la possibilité de se toucher le lobe de l'oreille, le bout du nez, le lobe de l'oreille encore une fois.

Mais les fonctionnalités de son appareil locomoteur étant limitées, il opta en fin de compte pour une annonce claire : « C'est moi, Berta. Oui. C'est moi. »

Et il posa la main sur son cœur, sans oser la presser trop fort en public. Berta eut un autre petit rire gêné, en regardant Wilhelm d'une façon qui lui fit se dire que, si nous n'étions pas le 13 janvier 1963, il pourrait tout à fait envisager qu'une brume lourde et sourde soit en train d'essayer de l'étouffer.

Mais vu la date, et s'il prenait en considération le lieu où il se trouvait, il y avait de fortes chances pour que son âme et son bien-être corporel ne puissent compter sur une quelconque pluie salvatrice venue rafraîchir l'atmosphère. D'un autre côté, il y avait certainement bien plus entre ciel et terre qu'un citoyen lambda comme lui pourrait jamais imaginer.

Depuis qu'il avait franchi le seuil de la chambre 66, Wilhelm avait la sensation que ses neurones étaient enveloppés d'un épais brouillard qui emmêlait ses pensées et, lorsqu'il essayait de les déployer, lentement, prudemment, il parvenait à peine à les distinguer les unes des autres. Wilhelm décida d'adapter sa concentration aux circonstances et de se contenter d'éviter une collision de pensées, comme le chauffeur qu'il était lorsqu'il conduisait par temps de brouillard, bornant son regard et sa volonté à distinguer les véhicules arrivant en sens inverse, à ne pas les frôler, à identifier les ombres au bord de la route comme des arbres, les blocs sombres comme des obstacles de béton, à ne pas confondre le bord de la route avec celui d'un simple tapis, et surtout à comprendre une chose : il était entouré de nature réifiée et non d'espace vide, ainsi que le brouillard essayait de le lui faire croire par endroits, et cette nature réifiée était plus résistante que lui, et foncer droit vers elle, avec obstination, légèreté, arrogance, imprudence et entêtement, voire rigidité et dogmatisme, lui semblait excessivement dangereux.

Le souriant Wilhelm se rendit compte avec soulagement qu'il était et resterait un citoyen lambda. Regardant Berta, il se dit : « Suis-je un assassin ? Suis-je suicidaire ? Voire les deux ? Non, je suis un chauffeur. Je suis avant tout un chauffeur. Ma tâche est clairement définie. Je dois conduire ma voiture de destination en destination, sans l'endommager ni exposer mes passagers, mes concitoyens ou moi-même à des dangers inutiles. »

## WILHELM, LE CHAUFFEUR

Wilhelm, qui parvenait toujours à compenser les erreurs de conduite des autres conducteurs et les erreurs de comportement des piétons, animaux ou autres, à l'avantage de toutes les parties concernées, était parfois complimenté par l'un des importants messieurs qu'il conduisait dans le labyrinthe des rues de la ville et, bien souvent aussi, sur plusieurs centaines de kilomètres à travers la campagne, et ces compliments le plongeaient chaque fois dans un abîme de doutes.

Que faire de ces louanges de ses talents de chauffeur : les étayer ou au contraire les balayer ? «Oui, parfaitement. Je ne me suis encore jamais fait emboutir une aile et n'ai encore jamais embouti l'aile d'un autre, ni rien d'ailleurs. Je ne suis ni suicidaire ni un assassin. Je suis chauffeur. Vous comprenez ? Ma tâche consiste à protéger, à maintenir grâce à mon humble personne la vie de gens importants.» Le tout accompagné d'un sourire humble, embarrassé ; voilà la réponse que Wilhelm avait offerte au puissant avocat d'affaires docteur Ulrich Reichmann, dont il aimait à illustrer l'importance en ces termes : «Cinq pages d'écriture lui rapportent au moins cent mille schillings.»

Wilhelm était parti du principe erroné que, pour correctement gagner sa vie, un bon avocat devait plaider le plus souvent possible. En sa qualité de chauffeur du grand propriétaire terrien et capitaine d'industrie Müller-Rickenberg, il se savait également chargé de veiller à la bonne disposition d'esprit de ses passagers et, lorsqu'il avait voulu, vers le début de sa carrière, exprimer en ces termes sa reconnaissance au docteur Reichmann, celui-ci l'avait aussitôt interrompu : « Un bon avocat ne se montre jamais au tribunal. » Il n'avait alors pas échappé à Wilhelm que la voix du docteur Reichmann, un peu assourdie, avait ce disant un ton presque brusque.

Ce n'est qu'une fois le sourire de Wilhelm jugé agréable et digne de confiance par le docteur Reichmann que Wilhelm avait saisi que l'avocat venait en réalité d'attirer son attention sur une grave lacune. Il avait appris que le docteur Ulrich Reichmann comptait parmi ces spécialistes du droit dont la tâche consiste à fusionner des entreprises et à donner à ces sociétés la forme juridique idéale, sans aucun doute celle qui leur permet de payer le moins d'impôts possible et les rend les plus opaques possibles face à toute forme de contrôle. En d'autres termes, Wilhelm avait compris qu'il était pure folie de croire qu'un bon avocat devait plaider le plus souvent possible s'il voulait correctement gagner sa vie.

Ainsi, Wilhelm, le chauffeur, définissait désormais la personnalité du docteur Reichmann par cette formule qui avait autrefois causé bien du tracas : « Un bon avocat ne se montre jamais au tribunal. » Sur ces paroles, Wilhelm opinait d'un air entendu et plutôt content de lui. Il avait toujours plaisir à étonner un non-initié avec cette définition.

Le poète Fonderstrassn, en revanche, avait commenté les talents de chauffeur de Wilhelm par temps de brouillard en termes si passionnés que ce dernier s'était senti obligé de calmer un peu son enthousiasme.

« Maestro ! Maestro ! N'offensez pas le chauffeur que je suis ! Il faut un certain discernement, par temps de brouillard, pour voir qu'un cerf reste un cerf et ne devient pas de l'autre côté du pare-brise un produit de l'imagination, comme un fantôme, qu'on pourrait percevoir sans risquer de se faire amocher. Je suis d'accord avec vous ! Mais ce n'est pas une raison pour jeter votre génie aux pieds de cette évidence. Votre éloquence, si je puis me permettre une critique un peu obséquieuse, est trop estimable pour évoquer les devoirs évidents d'un chauffeur. Il lui faut des gens importants, intriqués dans des interdépendances complexes, contradictoires, voire tragiques ; voilà de quoi vous stimuler et faire de vous un maestro. Et non moi, qui ne suis personne, qu'un petit homme insignifiant, terne, sans visage, un homme à tout faire ; un simple chauffeur. »

## BERTA SCHREI AVAIT BEAUCOUP RÉFLÉCHI À WILHELM DEPUIS 1945

Depuis 1958, Berta concentrait ses doutes et ses ruminations sur Wilhelm seul. La direction de la forteresse ne trouvait rien à y redire, au contraire : elle encourageait la réflexion de Berta sur Wilhelm avec une générosité pratiquement sans limites. Tout ce que Wilhelm lui avait confié était lié d'une manière ou d'une autre à son métier de chauffeur et d'homme à tout faire. Ses maximes éducatives puisaient donc elles aussi dans son expérience de chauffeur et d'homme à tout faire.

« Berta. Tu dois faire en sorte que les enfants soient plus souples. La nature est pleine de résistances ; l'humain, un être en danger. Il doit savoir conduire comme tout bon chauffeur, il doit être prudent, éviter les collisions. Que crois-tu qu'il arriverait si je me disais : ce bloc de béton n'est rien d'autre qu'une masse d'air pour moi, je vais le traverser ? L'enseignante peut avoir mille fois tort à tes yeux, et mille fois ne pas aimer notre Rudolf, elle n'en reste pas moins l'enseignante, et Rudolf, un chenapan. Que crois-tu qu'il arriverait si je me disais : ce type a vraiment du toupet de rouler au beau milieu de la route, il croit que le monde lui appartient, ou quoi ? Je vais lui montrer, moi ! Quel serait le résultat, Berta, à ton avis ? Que je le veuille ou non, je dois l'éviter. Et si on corrige encore notre petite Berta, eh bien, elle apprendra une chose : si je cherche la collision, on me corrigera, alors que si je parviens à l'éviter, on ne me corrigera pas. C'est une question d'intelligence, Berta. Et cette intelligence-là, Berta, il est de notre ressort de la transmettre. »

Voilà le genre de considérations morales que dispensait Wilhelm dans le but de faire de Rudolf et Berta des adultes sérieux, avec les pieds bien sur terre. Sa femme, Berta, pouvait se plaindre autant qu'elle le voulait, Wilhelm balayait à coups de sourires et de maximes philosophiques toutes ses questions éducatives, les renvoyait dans sa tête, où elles se débattaient avec des si et des mais, des pour et des contre incessants, si bien que Berta se retrouvait à interdire le jour même ce qu'elle autoriserait avec une parfaite évidence le lendemain – évidence tout de même un peu restreinte par quelques si et mais, quelques pour et contre – et autorisait le lendemain ce qu'elle frapperait le surlendemain d'une nouvelle interdiction formelle.

Wilhelmine, son amie, était scandalisée par l'incapacité de Berta à tenir ses doutes et ses ruminations à l'écart de l'éducation des enfants.

« Berta ! Malheureuse ! Tes enfants n'ont que faire de tes doutes et ruminations ! Il leur faut de la poigne, Berta ! Ne fais pas de longs discours.

Dis oui ou non, et tiens-y-toi ! Parce qu'avec tes un jour oui, un jour non, il y a de quoi en perdre son latin, voire la tête tout entière ! Ta méthode éducative, elle n'est pas droite dans ses bottes ! »

Et en effet, un jour Berta expliquait en long, en large et en travers à sa progéniture qu'elle devait se comporter de manière plus mesurée et plus souple et, une autre fois, elle grondait Rudolf, ou Berta, ou les deux avec le ton résolu d'une Wilhelmine, parce qu'elle les trouvait trop indécis, trop mous et accommodants, et pas assez droits dans leurs bottes.

Berta Schrei était reconnaissante de chaque heure qu'elle pouvait consacrer à l'éducation des enfants. Elle éduquait avec un dévouement sincère, une attention de tous les instants et considérait qu'une heure où elle n'avait pas donné à ses deux rejetons une leçon utile pour leur vie future était une occasion manquée, qu'il fallait déplorer ; elle se lamentait, s'en voulait, se traitait elle-même de mauvaise mère, jurait de s'amender, jusqu'à l'impardonnable négligence suivante, qu'à la première occasion qui se présenterait, elle aspirerait à réparer. En d'autres termes, jusqu'en 1958, Berta avait éduqué sa progéniture avec zèle.

## BERTA SALUE WILHELM ; BERTA SCHREI A-T-ELLE DE LA VISITE ?

Berta dit : « Aha », et de sa cage thoracique monta un long soupir, un soupir à n'en plus finir. Le même soupir qu'autrefois, lorsque ses angoisses, ses craintes, ses doutes et ses ruminations au sujet des enfants étaient ensevelis sous les sourires de Wilhelm et la philosophie de chauffeur de Wilhelm.

La petite vieille observait Wilhelm et Berta du coin de l'œil. L'infirmière en chef Gotaharda avait laissé le visiteur seul avec la chambre numéro 66 et ses secrets. Il ne s'était guère écoulé plus de dix minutes depuis l'invasion perfide de la blessure de la vie dans le royaume de la sage petite vieille. Mais cette putain qui se jetait au cou du premier venu avait déjà réussi à réduire le temps qui s'écoulait paisiblement pour les siècles des siècles à l'état d'une masse pesante. La vieille décida d'attirer l'attention de Berta sur ce fait scandaleux.

« N'oublie pas, ma chère Berta. N'oublie jamais. La vie est une blessure, et cette blessure guérit très difficilement. »

De la main droite, elle se signa trois fois, le regard fixé sur les fenêtres à barreaux, se signa encore trois fois en fixant la cage, puis se tourna vers Berta : « La vie, disent les sages, semble incurable. » La vieille regarda Wilhelm par en dessous.

« Parle de la vie, et tu apporteras la souffrance. Parle de la mort, et tu apporteras la délivrance. C'est ainsi. Aucun doute. J'espère que tu apportes la délivrance ? » ronronna-t-elle.

Berta eut un petit rire, la petite vieille posa une main sur son épaule et dit placidement : « Aucun doute. Berta a de la visite. N'est-ce pas que Berta Schrei a de la visite ? C'est bien vrai ? Berta Schrei a-t-elle de la visite ? » Un murmure parcourut la pièce. Berta Schrei a-t-elle de la visite ? Berta Schrei a de la visite.

Des larmes précipitées roulèrent sur le visage lunaire d'Eulalia, qui affirma avec une intensité croissante : « C'est ma faute. C'est ma très grande faute. »

Viktoria Löffelholz poussa un : « Oh ! », plaqua aussitôt sa main sur sa bouche insolente, lança un regard implorant à Wilhelm, puis disparut sous son lit, où elle resta blottie jusqu'à ce que le visiteur ait pris congé. Viktoria Löffelholz avait honte.

« Aucun doute. La vie rend visite à Berta. Berta Schrei. Et la vie, on le sait bien, pas vrai, chère Berta ? La vie est un espoir, et l'espoir est une blessure. Aucun doute. La boucle est bouclée. N'est-ce pas ? »

Et, se tournant vers Wilhelm, elle conclut : « Vous ne saviez pas ? Non ? Vous ne saviez pas que la vie est une blessure ? Eh bien, que savez-vous, alors ? »

Sur ce, elle repartit d'un pas traînant vers son lit, où elle entonna un *Je vous salue, Marie* en se tournant les pouces.

## BERTA SCHREI A DE LA VISITE

La chambre numéro 66 apprit en ce 13 janvier 1963 que sa petite vieille avait probablement chanté autrefois dans un chœur d'enfants, car seul quelqu'un qui avait suivi des cours de chant pouvait chanter comme le faisait la sage petite vieille.

« Salut, étoile de la mer, ô Vierge Marie, viens-nous en aide ! » C'était une nouveauté à laquelle Viktoria ne s'habituait toujours pas et qui lui donnait la chair de poule. Le haut du corps d'Eulalia se mit à se balancer d'avant en arrière, de plus en plus vite, et elle avait toutes les peines du monde – d'où son aveu – à retenir ses larmes ; mais ses regards implorants vers la cage l'aidaient à contenir la maladie à l'intérieur de son corps. Cela faisait longtemps qu'Eulalia n'avait pas ressenti un besoin aussi impérieux d'autoflagellation, qu'elle pratiquait pour apaiser Dieu et donner, avec les armes de la raison, le coup de grâce à sa maladie.

« Eulalia. Eulalia. Reprends-toi. Eulalia. Eulalia. Ne charge pas tes épaules d'une culpabilité supplémentaire. Eulalia. Eulalia. Ce n'est que ta maladie. Ne cède pas. Eulalia. Eulalia. Bannis ta maladie. Fais-le toi-même, ou Dieu s'en chargera. Eulalia. Eulalia. Tout va bien. Ce n'est pas Eulalia qui essaie de sortir de toi. Non. C'est la maladie. Eulalia. Eulalia. »

La sage petite vieille avait mené avec succès la révolte contre la blessure de la vie, qui avait fait irruption sans gêne aucune dans la chambre numéro 66. Elle prit placidement acte de sa victoire et, placidement, entonna une nouvelle fois son chant.

« Salut, étoile de la mer, ô Vierge Marie, viens-nous en aide ! »

Berta eut un petit rire. Dit : « Aha. »

Wilhelm regarda sa main droite, décida qu'elle avait cinq doigts, et non trois, sept ou douze. Étrangement, il en fut tout impressionné et galvanisé ; il se sentait presque comme un homme qui ne craint pas les aléas de la vie.

« Berta. Tiens. Je t'ai apporté quelque chose », dit-il en déposant avec une douce pression le bouquet de roses sur ses genoux. Berta leva les yeux une seconde, puis baissa la tête, et ses mains, se déplaçant maladroitement vers son cou, trouvèrent enfin, sous le tissu de la chemise de nuit de l'institution, sa chaîne avec la petite madone de fer-blanc.

## LA CHAÎNE AVEC LA PETITE MADONE DE FER-BLANC

Berta Schrei passait toujours de longues minutes à contempler pensivement la madone de fer-blanc dans le miroir de la salle d'eau ; tant le matin, avant le début de la journée à la forteresse, que le soir, avant la nuit à la forteresse, si bien que lors de la toilette du matin comme du soir, elle était toujours l'avant-dernière, et la sage petite vieille la dernière parmi ces pauvresses. Et il y avait une bonne raison à cela.

Berta Schrei était la seule de toute la forteresse à posséder une chaîne avec un médaillon de fer-blanc représentant une petite madone.

La bataille pour garder ce trésor, la timide et soucieuse Berta, d'ordinaire pas bien rusée, l'avait menée très habilement et avec une ruse incroyable ; quotidiennement ; jusqu'à convaincre la sage petite vieille de devenir son avocate et de se lancer dans d'inlassables négociations avec l'infirmière Franziska Querbalkner, fait sans aucun doute remarquable, puisqu'en temps normal, la petite vieille ne voulait rien savoir de l'infirmière.

Convaincre la petite vieille, infatigable gardienne de l'ordre de la forteresse, de devenir son avocate auprès de l'infirmière était pour Berta une victoire qui l'avait infiniment encouragée dans sa bataille pour récupérer la petite madone de fer-blanc. Dès lors, son espoir que l'administration de la forteresse finirait par lui restituer la chaîne avec la petite madone n'avait cessé de croître. Et le jour où Wilhelmine avait épousé Wilhelm, Berta avait récupéré sa madone.

Pour l'anniversaire de Berta, l'infirmière Franziska était parvenue à récupérer en douce la chaîne avec la petite madone à la consigne de la forteresse et l'avait remise à Berta en lui enjoignant de cacher sa parure, ainsi qu'elle l'appelait, du mieux possible sous la chemise de nuit de la forteresse. « Si tu ne fais pas attention à ta parure, tu la perdras de nouveau, et cette fois pour toujours, tu comprends, Berta ? Sois vigilante ; n'oublie jamais que cette mission est presque impossible ; que l'accomplir exige une attention de tous les instants, une vivacité d'esprit et une grande intelligence ; lorsqu'on sous-estime son bien, on ne sait pas le défendre ; et lorsqu'on ne sait pas défendre son bien, on perd davantage encore que le trésor que l'on a sous-estimé ! »

Berta avait acquiescé et immédiatement fait disparaître sous sa chemise de nuit la chaîne que l'infirmière venait de lui passer autour du cou, tout en lui lançant un regard avide d'approbation. La Querbalkner avait hoché la tête plusieurs fois, touchée, puis serré la main de Berta avant de quitter la chambre numéro 66. Ce jour-là, l'infirmière Franziska s'était sentie comme se sent assurément qui rend l'impossible possible. Et Berta Schrei s'était aussitôt fait bénir par la sage petite vieille, plusieurs fois de suite.

Lorsque Berta lui montra la petite madone de fer-blanc, son visage prenant presque les traits de la ruse, Wilhelm sourit. Pour se rappeler soudain qu'une vague lourdeur dans la région de l'estomac pouvait être plus dangereuse que la plus douloureuse des crampes. Le cancer de l'estomac n'a pas forcément la propriété d'annoncer son travail de sape des entrailles avec tambour et trompette, il tendrait plutôt à se comporter de manière inverse. Wilhelm avait lu ou entendu ça quelque part.

« Je viendrai te voir plus souvent, maintenant. Tu sais que c'est ton anniversaire, aujourd'hui, n'est-ce pas ? Je me suis dit que ça pourrait marquer un nouveau départ. »

Wilhelm pensait ce qu'il disait, et Berta cessa de retourner la petite madone de fer-blanc entre ses doigts. Elle écoutait intensément sa voix, qui parvenait à son oreille comme celle de la Lorelei au batelier dans sa barque. Berta crut sentir l'odeur entêtante des roses lui emplir les narines, et la voix de Wilhelm et la présence de Wilhelm lui firent remonter le temps.

## LA BALADE EN BARQUE

Berta descendait vers le lac aux côtés de Wilhelm ; les enfants marchaient devant ; partout, des fleurs d'été pour les yeux, des odeurs capiteuses pour les narines. Sous l'influence de l'opulente végétation, les doutes et ruminations de Berta étaient comme balayés, et elle se dit :

« En fait, je suis une page blanche. »

Le vert profond lui semblait une vaste toile sur laquelle un peintre audacieux aurait appliqué les couleurs en touches généreuses, sans se préoccuper de la question du prix du pot de peinture, ses émotions et sa passion pour la diversité des couleurs n'étant apparemment soumises à aucune contrainte économique. Lorsqu'ils atteignirent la rive, à la grande joie des enfants, Wilhelm paya le prix de la balade en barque sans aucun si ni mais, sans pour ni contre ! Et à la grande joie de Berta, Wilhelm mena la barque sur le lac sans si ni mais, sans pour ni contre ! Les enfants étaient heureux ; Berta était heureuse, et Wilhelm se remit à regarder Berta avec les yeux du caporal Rudolf et du soldat Wilhelm de retour du front.

Seulement, Rudolf d'abord, puis Berta se mirent à pleurer, et les enfants d'exposer à leurs parents leurs si et leurs mais, leurs pour et leurs contre, remettant en question la pertinence de la balade en barque, pour finir par carrément la comparer à une torture. Ce garnement de Rudolf déclara d'une voix pleurnicharde qu'il voulait se coucher à plat ventre au fond de la barque, se leva pour joindre le geste à la parole, trébucha, et à peine eut-on eu le temps de se demander sur quoi qu'il accomplit l'exploit de tomber à l'eau, ce qui était assez préoccupant puisque Rudolf, comme sa mère, ne savait pas nager. Et il se serait sans doute noyé si Berta, quand bien même elle ne savait pas nager, ne s'était jetée à l'eau et avait attrapé le garnement par les cheveux, ce qui en définitive incita Wilhelm à faire la démonstration de ses talents de nageur.

Comprenant à la vitesse de l'éclair, quoiqu'avec un petit temps de retard, Wilhelm les sauva in extremis. Et la famille Schrei se retrouva réunie dans la barque, un peu amochée, toussant, ahurie, et riche d'une nouvelle leçon de vie. Berta voyait encore une fois confirmées ses angoisses et ses craintes, qui grandissaient au fil des années. Une belle balade avec elle et les enfants se terminait toujours en une catastrophe que Wilhelm parvenait de justesse à éviter.

L'excursion au lac avait été l'occasion d'inaugurer la nouvelle auto. Si à l'aller Berta s'était tenue fièrement assise à côté de Wilhelm, au retour elle était recroquevillée sur la banquette arrière, le bras droit autour des épaules de Berta, le gauche autour de celles de Rudolf, les deux enfants se blottissant contre leur génitrice comme s'ils voulaient retourner à l'intérieur de son ventre, et ne tardant pas à s'endormir.

Berta contemplait pensivement le profil du garçon. Rudolf somnolait, le coin de la bouche tombant. Elle n'avait pas besoin de se pencher pour savoir que l'autre tombait aussi, et qu'entre les sourcils du garçon se dessinaient deux rides verticales, de mauvaise humeur, qui provoquèrent chez Berta cette impression qui l'étonnait toujours à la fin de l'automne, lorsqu'elle s'abîmait dans la contemplation des branches dénudées des arbres, qui lui paraissaient si étrangement tordues vers le ciel et si étrangement muettes que le bruit de la ville lui-même lui devenait inaudible et, qu'aux aguets, elle attendait désormais le cri. Le cri qui, selon Berta, se fraierait d'une minute à l'autre un chemin dans le bois comme un coléoptère ravageur de forêts, pour, libéré de l'emprise de la décomposition et de la mort, monter vers le ciel. Berta craignait la fin de l'automne, qu'elle appelait la saison sans feuilles, et se sentait soulagée, et en quelque sorte encouragée, lorsqu'avec la première neige revenait l'espoir annuel que les branches nues bizarrement tordues vers le ciel seraient bientôt recouvertes d'un duvet de blancs flocons.

Le sommeil de Rudolf était moins paisible que

celui de la petite Berta. Du haut de ses huit ans, la fillette ressemblait dans son sommeil à la madone de fer-blanc, ainsi qu'à celle qui, dans la chambre à coucher des époux Schrei, occupait une place de choix sur le mur au-dessus des lits jumeaux, dans un tableau au lourd cadre doré : la Vierge à l'Enfant. Le visage de la madone mettait Berta mal à l'aise. Elle avait beau chercher, elle n'y avait jamais trouvé la moindre ride. Pourquoi ce visage était-il exempt de marques, alors que les griffes de la vie modelaient et marquaient tout ? La poigne écrasante, aplatissant, laminant tout tel un rouleau à pâtisserie, qu'était pour Berta le quotidien, ne semblait avoir aucune prise sur la madone. Son visage n'était marqué ni par la gravité de la Terre ni par le poids des choses, que Berta appelait également, entre autres noms, la vie même.

« C'est l'intériorité. Je manque d'intériorité. Je suis trop superficielle, trop futile », se réprimandait souvent Berta, qui s'échinait en vain à exercer un regard tourné vers l'intérieur.

## LE CAPORAL RUDOLF

En février 1945, Berta fut brièvement libérée de l'emprise du poids de ces choses que l'historiographie désigne sous l'appellation de Seconde Guerre mondiale. Le caporal Rudolf, trente-trois ans, se tenait à la fenêtre, les coudes sur le rebord, la tête entre ses mains saisies par le froid, et venait de dire : « Pars donc à la campagne. »

Berta, demeurée à distance convenable de Rudolf, haussa les épaules : « Je ne peux pas laisser maman toute seule, et maman ne partira pas. Elle dit : j'ai passé toute ma vie dans cette rue, j'y reste.

— Et Wastl ? Des nouvelles ?

— Apparemment, sa dernière mission était mi-janvier, à Grajewo.

— Et les jumeaux ?

— Richard. Tu sais bien. »

Le caporal Rudolf se redressa, quittant des yeux les immeubles en ruine de l'autre côté de la rue pour faire face à Berta. « Je vois. Rien de nouveau. »

Berta secoua la tête.

« Et Karl ?

— Quelque part vers Modène. Et toi ?

— Retour au Danemark ; pour l'instant.

— Aha.

— Et le vieux fossoyeur ? »

Berta haussa les épaules, et Rudolf posa ses mains dessus. Berta détourna la tête, son corps se raidit. Rudolf laissa retomber ses mains, demeura un instant devant Berta, les épaules voûtées, puis se dirigea vers la commode, dans le premier tiroir de laquelle se trouvait son violon, qu'au moment de sa mobilisation il avait confié à Berta : « Le temps de la guerre. »

En se tournant vers Berta, il souriait comme un gamin qui fomente des tours pendables et endort la vigilance des adultes en arborant un air inoffensif : « Cette guerre de malheur sera bientôt finie. » Berta applaudit, virevoltant sur elle-même avant de se mettre au garde-à-vous et de marcher au pas dans la petite pièce, comme une soldate qui ne prendrait pas très au sérieux sa condition : elle était plutôt joyeuse et insouciante. Le tout en fredonnant la *Marche de Radetzky,* avant de se laisser tomber sur son lit en riant, de se redresser, le souffle court, pour lancer un sourire espiègle à Rudolf et, l'instant d'après, afficher une expression songeuse.

« As-tu un souhait particulier ? » lui demanda Rudolf, tandis que dans ses yeux l'excitation le disputait à la mélancolie. Berta posa un index sur ses lèvres, réfléchit un instant, puis lança d'un air victorieux : « Je sais ! La *Valse des aquarelles* de Josef Strauss ! Oui. Voilà ce qui me fait envie. »

Rudolf fronça les sourcils, sourit, puis céda d'un laconique : « Si tu veux. »

Berta oublia alors le poids des choses, le froid de cette pièce sans chauffage ; son frère de dix-neuf ans dont on n'avait plus aucune nouvelle depuis mars

1944, dont elle savait seulement que la dernière lettre du front, estampillée 34421 A, venait de Haute-Silésie. Enfin, elle pouvait écrire à Karl, c'était déjà ça : Wastl parti de Grajewo pour camp d'entraînement à 14 km de là ; permission surprise de Rudolf, maman en bonne santé, et elle aussi ; mais comment combler le vide lorsqu'il serait question de Richard ?

Le visage de Berta prit soudain le vernis de chaleur et d'insouciance de la jeunesse qui croit le moment venu d'ouvrir grand les bras pour embrasser et cajoler la terre entière.

Les lèvres de Rudolf tressaillirent ; la seconde peau de caporal qu'il avait revêtue commença à s'étioler, et l'homme en lui à se réveiller, l'homme qui désire la femme, cette créature douce et chaude, dans la proximité sensuelle et familière de laquelle la valse et sa légèreté, qu'il avait jusqu'alors méprisées, qui lui semblaient scabreuses et mensongères, venaient de prendre un sens nouveau. Et lorsque Berta demanda au violoniste Rudolf *Le beau Danube bleu,* il y crut soudain lui aussi, à ce Danube éternel, si bleu, et qu'on avait malgré tout le droit d'être heureux, que le deuil et la mélancolie n'avaient pas lieu d'être, qu'on pouvait s'abandonner au léger vol de papillon de la mélodie.

Ce jour-là, l'ami des muses et professeur de musique du lycée de jeunes filles de la ville de

Donaublau découvrit, avec une sombre volupté, le Johann Strauss en lui, et le défendit avec une abnégation héroïque contre son propre esprit chagrin et borné : «Johann Strauss, c'est moi. Parfaitement. Qu'ai-je en commun avec un Beethoven ou un Alban Berg ? Ils cherchent toujours la petite bête. Vivre et laisser vivre, voilà mon credo. Vivre et laisser vivre. »

Dans cette bataille contre son caractère grincheux, Rudolf se sentit infiniment encouragé par Berta. Elle défendait avec une énergie quasi solennelle son *Beau Danube bleu* : sa bouche s'ouvrait et se fermait avec ferveur, comme celle d'une jeune cane au bord de l'eau. De temps à autre, elle jetait à Rudolf un regard effronté et curieux, de défi, et s'arrêtait un instant de chanter, pour retrouver avec une plus grande intensité encore l'intériorité qui lui donnait une voix d'enfant, et acheva bientôt de convaincre Rudolf qu'en réalité, il n'avait jamais été soldat de la Wehrmacht, que tout cela n'était qu'un cauchemar à ne pas prendre trop au sérieux. Il était le professeur de musique du lycée de jeunes filles de la ville de Donaublau. Et bien plus encore. Johann Strauss avait trouvé en lui le plus fidèle des admirateurs et des complices.

Lorsque Rudolf remit le violon à sa place dans la commode et rejoignit Berta, assise sur son lit, elle ne détourna pas la tête, et son corps ne se raidit pas ; au contraire, il se révéla doux et souple.

Le lendemain matin, ce célibataire endurci et chagrin de trente-trois ans avait acquis la certitude qu'il venait de déflorer la fille des voisins, Berta Faust, vingt-deux ans, et que, quand ce cauchemar serait terminé, il ferait en sorte que la songeuse et timide Berta aux grands yeux étonnés puisse compter sur un mari aussi fidèle qu'Alban Berg et aussi droit que Beethoven.

« Pourquoi la priver de la musique des Strauss ? Mépriser la *Valse des aquarelles* et *Le beau Danube bleu* reviendrait à renier ceux-là mêmes qui ont présidé à notre union. Qu'est-ce que *Le beau Danube bleu* a en commun avec *Deutschland über alles* ? Les deux sont comme l'eau et le feu ; et moi, ma préférence va clairement à l'eau. »

Tout en méditant sur cette question, il contemplait pensivement la créature endormie à côté de lui.

## ON NE MÉLANGE PAS TRAVAIL ET PLAISIR

Berta Schrei, dont la préférence, entre les deux fils Strauss, allait à Johann, s'étonnait que celui-ci soit si difficile à intégrer à sa vie. Dans le rétroviseur, Wilhelm semblait regarder fixement la route. Berta referma la bouche et, lorsque Wilhelm, plus par hasard que consciemment, croisa le regard de Berta, il n'était plus Wilhelm, le soldat rentré du front qui la regardait avec les yeux de Rudolf, mais Wilhelm le chauffeur, qui marmonnait quelque chose d'inaudible en modifiant le réglage du rétroviseur. Mais ce que Berta ne disait pas à haute voix avait tendance à proliférer dans sa tête avec une intensité redoublée.

« Quand elle dort, notre fille ressemble à notre madone », voulait dire Berta, mais elle ne le dit pas.

La bouche de Wilhelm, comme celle de Berta, resta scellée durant tout le trajet du retour. Berta eut le temps de ruminer la ressemblance de sa petite Berta avec la madone. Pendant le repas, ce soir-là, Berta allait enfin faire part de son étonnante découverte, lorsque le téléphone sonna, et Wilhelm, chauffeur et homme à tout faire, dit dans le combiné : « Très bien. » Et : « Mais bien entendu. » Et : « Dans un quart d'heure, c'est tout à fait faisable. » Et : « Mais c'est tout naturel. Je suis payé pour ça ! »

Wilhelm Schrei, bien qu'ayant lui-même le sentiment qu'il y aurait eu des choses à dire pour arrondir les angles après cette excursion, savait qu'en tant que chauffeur et homme à tout faire de Müller-Rickenberg, emploi qui lui permettait d'assurer la subsistance de la famille Schrei, et ce, plutôt confortablement, il lui fallait mettre sa vie privée de côté dès que le devoir l'appelait, ce que Berta comprenait parfaitement; ainsi, elle ne se lamentait ni ne se plaignait plus, comme elle l'avait fait autrefois. Berta se leva sans un mot pour aller chercher dans la chambre l'uniforme de Wilhelm, rangé sur un cintre. Elle tournait le dos à la madone. Mais soudain, son regard tomba sur celle-ci. Elle avait donc dû, sans s'en rendre compte, pivoter vers elle. Oubliant l'uniforme de chauffeur qu'elle tenait dans les bras, elle resta plantée là à étudier la madone, comme si c'était la tâche qu'elle était venue accomplir, observant son visage très scrupuleusement, avec la plus grande attention. C'était saisissant. Lorsqu'elle dormait, la petite Berta lui ressemblait trait pour trait.

« Quand elle dort, elle n'est plus si superficielle, si futile. Les griffes de la vie qui marquent et modèlent, cette poigne écrasante qui aplatit et lamine; le poids des choses, la vie même n'ont plus aucune prise sur elle quand elle dort. Voilà. Le sommeil éloigne tout. Tout et tout le monde. »

« Berta ! Enfin, qu'est-ce que tu fais ? »

Berta accueillit l'exclamation de Wilhelm, qui attendait dans la salle de bains, comme une sorte de confirmation de la justesse de son observation. Apparaissant à côté de sa mère dans le sillage de cet appel, la petite Berta, le nez froncé, la mine méprisante, les coins de la bouche tombants, déclara d'un ton brusque, presque autoritaire : « Ça va pas, la tête ? Papa a besoin de son costume. Donne.

— Aha, dit Berta puis, après un assez long silence : Papa a besoin de son costume ? Eh bien. Il y a du vrai là-dedans. »

Et elle se laissa prendre le costume des mains, ne mouftant même pas lorsqu'avant de courir l'apporter à son papa, la petite Berta lui tira la langue du plus fort qu'elle pouvait, dans toute sa splendeur.

L'instant d'après, Wilhelm, déjà en uniforme, tapotait l'épaule de Berta en lui souriant du sourire wilhelmien qu'il tenait toujours prêt en pareille occasion et qui était le produit d'une recette si pleine d'amour et d'imagination que Berta s'inclina aussitôt face au poids des choses et hocha la tête : « Eh bien. Dépêche-toi, si tu ne veux pas arriver en retard. Vas-y, Wilhelm. Vas-y. J'ai encore du ménage à faire ici.

— À mon retour, nous aurons une bonne discussion ? »

Berta acquiesça, contempla d'un air songeur la casquette de chauffeur de Wilhelm : « Il est vraiment chic, cet uniforme. Il te va très bien. » Puis elle se retourna vers l'armoire. « Ne perdons pas de temps », ajouta-t-elle, et Wilhelm, avant de quitter l'appartement numéro 12 du 13, rue du Jour des Morts, alla déposer un baiser sur le front de Rudolf et de la petite Berta. Berta regarda pensivement la madone du tableau, puis revint à la cuisine, où Rudolf et la petite Berta, picorant sans appétit dans leurs assiettes, accueillirent son arrivée avec des mines renfrognées.

« Cette chemise de nuit te va très bien au teint », dit Berta à la petite Berta, pensant au manteau bleu bouffant de la madone du tableau. La petite Berta ne disait pas un mot. Rudolf ne disait pas un mot. Le repas du soir traînait en longueur ; les tentatives de Berta pour égayer les visages de Rudolf et de la petite Berta ne firent que les assombrir davantage.

« Tout compte fait, c'était quand même une excursion mémorable, non ? »

Silence.

« N'y a-t-il pas du vrai là-dedans ? La nouvelle voiture, peut-être ? Ou les belles roses ? Vous avez vu toutes ces belles roses ? »

Silence.

Berta se pencha vers Rudolf, comme une malentendante : « Qu'est-ce que tu dis ? » Elle tendit l'oreille un instant puis se tourna vers la petite Berta pour lui demander : « Tu as dit quelque chose ? »

Silence.

Après avoir réfléchi un bon moment à ce qu'elle pourrait encore bien dire, Berta haussa les épaules et se leva de table : « Bon. Eh bien, je crois que c'est l'heure. »

Rudolf acquiesça puis, penchant la tête sur le

côté, gratifia sa mère d'un regard à la fois pensif et critique.

## JE SAIS COMPTER

Au bout d'un moment, le garçon affirma, catégorique : « Quand même. J'ai treize piges.

— Treize ans, Rudolf. On dit : j'ai treize ans.

— Et toi, tu t'es pointée un 13.

— Je crois qu'il y a du faux dans le fait que je me sois *pointée*. Je suis plutôt venue au monde. Voilà. Il y a du vrai là-dedans, et pas juste *un 13,* mais le 13 janvier 1923.

— Tu sais pas nager.

— Il y a du vrai là-dedans, en effet.

— Et rien de faux, répliqua Rudolf, moqueur, avant de se gratter la tête : Et moi non plus, je sais pas nager ! Et elle, là, elle sait pas nager non plus ! ajouta-t-il en désignant la petite Berta, qui s'agitait sur sa chaise.

— On ne crie pas, Rudolf. On ne crie pas. Les gens qui crient ont souvent quelque chose à cacher. Les gens qui crient ont souvent tort, c'est ce qui les fait crier si fort. Et *elle, là,* elle a un nom. Elle s'appelle Berta. Tu as oublié ?

— Le chauffeur, lui, il sait nager.

— Tu veux dire : ton papa ?

— Non. Le chauffeur.

— Le chauffeur, il est pas né un 13 ! lança la petite Berta d'une voix triomphante, avant de se gratter le menton, de réfléchir un instant et d'être littéralement propulsée de sa chaise par le résultat de ses réflexions : Et toi non plus ! Et moi non plus ! Juste elle, là ! C'est elle, la treize ! »

Berta sursauta et eut un petit rire gêné : « Aha. »

Rudolf adressa à sa sœur, de cinq ans sa cadette, un regard méprisant. « Moi, je suis né sous une mauvaise étoile, je me suis pointé avec deux mois d'avance, et mon papa, c'est le prof de musique sans tête, alors que le tien, c'est le chauffeur avec tête.

— Rudolf ! Où vas-tu chercher tout ça ?

— Je sais compter, et pis tante Wilhelmine dit toujours : C'est Rudolf tout craché ; en moins beau et en moins intelligent, mais à part ça, c'est Rudolf tout craché. »

Le regard de Rudolf se perdit dans le vide puis, d'un ton lourd de sous-entendus, il ajouta : « Il y a du vrai, non ?

— Eh bien. Je crois que c'est une question de point de vue.

— Tu vois. Moi, je serai jamais prof de musique au lycée de filles ! Si j'ai de la chance, je deviendrai peut-être balayeur ou charbonnier.

— Rudolf ! »

Berta, qui s'était rassise, dévisageait son fils comme s'il était un oiseau de mauvais augure.

« Il y a quand même du faux là-dedans, rétorqua-t-elle vivement. Tu n'as absolument pas pensé à tes pauvres petits bras !

— Tu vois. Et à mes deux mains gauches.

— Ce n'est pas ce que je voulais dire, répliqua Berta, penaude.

— Mais c'est vrai. Et j'ai pas de chance, non plus ; donc je deviendrai ni balayeur ni charbonnier.

— Peut-être que si ; je veux dire, ça reste envisageable, ou alors tu deviendras chauffeur ? » reprit Berta, lançant à son fils un regard plein d'espoir.

Mais Rudolf balaya l'idée d'un geste : « Il te manque une case.

— Bon. L'objection est justifiée. Une école de conduite reste une école, et l'école, ce n'est pas ton truc.

— Tu vois. Et je sais pas jouer d'un instrument, comme le prof de musique, et je sais pas chanter non plus ni rattraper un ballon.

— Soit.

— Quand je tombe, je saigne tout de suite du nez.

— Peut-être.

— Et je tombe souvent.

— C'est possible.

— Je saigne souvent du nez, et en plus je pleure.

— Ça arrive.

— Et je vais dans une école spécialisée.

— C'est la vie.

— Je suis bête.

— Non ! Ce n'est pas vrai ! Je veux dire : on n'est peut-être pas obligé de voir les choses comme ça ? Non, non ; tu n'es pas bête !

— Je vais arrêter l'école au bout de cinq ans. Alors, bête ou pas bête ?

— Bon. C'est la vision superficielle des choses. Je veux dire. Il ne faut pas s'arrêter à ça ; mais regarder plus en détail, plus en profondeur. Et en faisant ça, on trouve quand même qu'il y a du faux. Tu ne crois pas ?

— Je suis né à sept mois, pas fini.

— Oui. Bon, on peut dire ça. Oui.

— Je suis moche.

— Rudolf !

— Personne m'aime ; je suis pas sympathique.

— Non. Non. Ce n'est pas vrai. Non. Non. Au contraire, vraiment. Moi, moi par exemple, je t'aime beaucoup, et papa aussi.

— Papa est mort. Il peut pas m'aimer. J'ai pas de papa. Et j'en veux pas d'autre. »

La petite Berta tapota la main de son frère : « Moi, je suis pas morte. Et je t'aime bien. »

Le regard moqueur de Rudolf passa de la petite Berta à leur mère, pour revenir vers la petite Berta : « Et qui t'aime, toi ? Hein, maman ? Qui l'aime, elle, là ? » Et Rudolf de montrer du doigt la petite Berta, puis sa mère, qui tapa sur l'index de Rudolf en déclarant, péremptoire : « Une chose est sûre en tout cas. On ne montre pas les gens du doigt. Ça ne se fait pas ; non, ça ne se fait vraiment pas.

— Et toi, maman ? Dis-moi. Qui t'aime, toi ? Tante Wilhelmine ? Le chauffeur ? Ils sont contents quand tu arrêtes deux minutes de pleurnicher, c'est tout. »

Sur ce, Rudolf se leva et arpenta la cuisine, l'air préoccupé, avant de se diriger d'un pas décidé vers la porte pour aller se coucher, la tête farcie de pensées.

La petite Berta gratifia sa mère d'un regard lourd de reproches puis, rejetant brusquement la tête en arrière et tapant du pied, le visage déformé par la colère, elle s'écria : « Il te manque franchement une case ! C'est à perdre la tête !

— Je sais. Tout le monde le sait. Tante Wilhelmine le sait, papa aussi, et moi aussi, je le sais ! »

La petite Berta tira la langue à sa mère, avec une haine qui ne rencontra que le désespoir de Berta. Après quoi, elle s'amusa à ouvrir plusieurs fois en grand la porte de la cuisine, pour la refermer avec le plus de bruit possible. Chaque fois, Berta sursautait, comme si on claquait un fouet juste devant elle. Cette sortie retentissante atteignit son but. Berta n'osa pas suivre les enfants dans la chambre.

## TOUJOURS ATTENDRE WILHELM

Ce soir-là, Berta décida, sans peser ni le pour ni le contre, de ne pas donner à ses enfants de leçon sur le poids des choses. Elle avait l'habitude, chaque soir, de représenter la vie même au moyen d'une histoire qu'elle inventait plus ou moins, et Berta Schrei était plutôt bonne conteuse. Mais ce soir-là, la conteuse, dont les histoires se terminaient rarement bien, attendit une heure, deux heures, puis une heure encore. Au bout de trois heures, elle se sentit autorisée à espérer que le poids des choses avait fait son œuvre et que Rudolf et la petite Berta, bercés dans le royaume du silence, avaient été arrachés aux griffes de la vie qui marquent et modèlent tout.

« C'est ça. Nous sommes trop futiles tous les trois, trop superficiels. C'est cette intériorité qui nous fait défaut ; nous n'avons pas la foi. »

Berta entendit alors la voix furieuse de Wilhelmine : « Berta ! Que va devenir ta progéniture ? Elle va finir par perdre la tête, comme ton malheureux Rudolf ! »

Berta contempla pensivement la corde à linge tendue entre la fenêtre et un crochet que son Wilhelm lui avait planté au-dessus de la cuisinière, et sur laquelle étaient étendus leurs vêtements mouillés.

« Eh oui, Wilhelmine », dit Berta, s'essuyant les yeux du revers de la main. Aux yeux de Berta, Wilhelmine était la vie même qui lui parlait, qui la réprimandait, qui lui prophétisait une fin sinistre, à elle et à sa progéniture.

« En fin de compte, nous faisons tout de travers. Nous ne sommes pas bons à grand-chose », avait tout de même dit Berta, assise entre les enfants à l'arrière de la nouvelle voiture, un bras autour des épaules de la petite Berta, l'autre autour de celles de Rudolf, et Wilhelm, le chauffeur, les yeux étrangement fixés sur la route, n'avait rien répondu.

« Il sait. Eh oui. Tout le monde le sait. »

Soudain, Berta ressentit le besoin impérieux de réexaminer a posteriori les observations qu'elle avait faites sur le chemin du retour.

Elle se glissa silencieusement dans la chambre, s'accroupit au pied du lit de la petite Berta et compara, à la faible lueur de la lampe de chevet, son visage à celui de la madone du tableau. Elle ne s'était pas trompée : après examen consciencieux, après analyse rigoureuse, c'était toujours le cas.

« Quand Berta dort, elle ressemble à notre madone. Elle n'a plus rien de futile ni de superficiel. Ce regard tourné vers l'intérieur, elle le doit sans doute au sommeil. C'est l'œuvre du silence», murmura-t-elle pour elle-même.

À minuit, Berta était assise dans son lit, droite comme une colonne, le regard étrangement fixé sur le visage de sa fille.

« Si Berta dormait tout le temps, elle ressemblerait à notre madone pour toujours. Oui, c'est ça, si elle dormait tout le temps. »

Cette pensée légèrement remodelée, façonnée à partir de la ressemblance qu'elle avait constatée, Berta ne l'énonça pas, ne la murmura pas même pour elle seule. C'était une pensée, ni plus ni moins.

Elle attendit le chauffeur Wilhelm jusqu'à quatre heures du matin ; assise toute droite dans son lit ; pétrifiée, le regard étrangement fixé sur le visage de sa fille.

Berta s'endormit vers quatre heures et demie, et Wilhelm la tira du sommeil : « Arrête de crier ! Tu vas réveiller les enfants ! Berta ! Arrête ! »

Mais c'était trop tard. Rudolf et la petite Berta, réveillés en sursaut, étaient déjà assis dans leurs lits et lançaient des regards fâchés à leur mère qui, enfin réveillée par les secousses de son mari, leur assura : « Ce n'est rien. Tout va bien. Ce n'était qu'un rêve. »

Wilhelm secoua la tête, plus surpris que fâché,

se coucha en disant : « Quelle idée de faire des rêves pareils ! » puis, se tournant de l'autre côté : « Je suis fatigué. Réveille-moi à onze heures. Nous partons pour Felsenstein.

— Pour Felsenstein ? »

Wilhelm marmonna quelques mots incompréhensibles et, bientôt, sa respiration régulière témoigna de son endormissement à poings fermés.

« Aha, dit Berta Schrei, pour Felsenstein », son regard perplexe passant de Wilhelm à la petite Berta, de la petite Berta à Rudolf, pour revenir vers la petite Berta.

« La ressemblance est vraiment frappante. Il faut que j'y réfléchisse », se dit Berta, avant de se pencher par-dessus Wilhelm et, d'une pression sur l'interrupteur de la lampe de chevet, de plonger la pièce dans l'obscurité.

« Ce n'est pas un hasard. Et mon rêve non plus n'est pas un hasard. »

## QUELLE CHARMANTE CRÉATURE, SI MODESTE

Berta Schrei, qui considérait ses rêves comme d'importantes références à la vie même, qu'il s'agissait de prendre en compte, était allongée sur le dos dans son lit, le regard tourné vers les fenêtres, et venait de décider qu'il valait mieux rester éveillée. Elle observait les rideaux, se rappelant que Wilhelm avait lui-même façonné les tringles de bois dans l'atelier de son collègue Ferdinand Wolf et que Wilhelmine avait cousu le tissu.

Une fois leur tâche accomplie, Berta avait offert aux ouvriers un verre de schnaps, et tout le monde s'était rassemblé dans la chambre pour admirer le chef-d'œuvre : Ferdinand Wolf, Wilhelmine et Wilhelm, Rudolf et la petite Berta.

« Vraiment. C'est incroyable. Comment avez-vous fait ? » avait demandé Berta, en adressant un regard admiratif à Wilhelmine. Admiration à laquelle celle-ci avait répondu avec l'air de pitié qu'elle réservait à Berta : « Enfin, ce n'est pas sorcier. On prend un vieux bout de tissu dans ta commode, on le coud un peu, et ainsi de suite. C'est à la portée de n'importe qui. »

Wilhelm avait hoché la tête et dit à Berta, en lui tapotant la joue : « Ne te tracasse pas. L'essentiel, c'est qu'on ait des rideaux pour la nuit. Pas vrai, Ferdinand ? »

Ferdinand avait tendu pour la quatrième fois son verre à Berta, pour qu'elle lui resserve de ce délicieux schnaps et, le vidant d'un trait, avait fait remarquer, reconnaissant : « Je n'étais pas sûr que les compétences d'un chauffeur puissent aller au-delà de son moteur, de son compteur de vitesse et de la sécurité des amis de son patron lorsqu'il les trimballe. Mais je m'en doutais. Depuis le début, je m'en doutais. Et maintenant, je le sais. »

Après un aussi long discours, Ferdinand avait grandement besoin d'un cinquième verre de schnaps, et Berta s'étonnait de la rapidité avec laquelle Wilhelmine l'avait compris. En un rien de temps, elle lui avait pris la bouteille des mains, avait resservi Ferdinand, et le verre était de nouveau vide.

« Berta, tu dors trop, l'avait doucement réprimandée Wilhelmine, en secouant la tête d'un air réprobateur. Tu as toujours la tête ailleurs. »

Berta avait porté la main à sa bouche, puis s'était écriée : « Pardonnez ma négligence, monsieur Wolf ! Je m'étonnais juste qu'on puisse faire autant avec si peu. »

Ferdinand Wolf avait hoché tranquillement la tête : « En effet, chère madame Schrei ; en effet. Il suffit d'avoir des yeux et l'esprit un peu pratique pour que l'impossible devienne possible, l'improbable, probable. »

Rudolf tirait sur la jupe de sa mère ; elle s'était penchée vers lui et il lui avait chuchoté à l'oreille : « Au secours ! Maman, au secours ! » Il avait baissé les yeux vers la petite mare qui se formait sur le plancher. Berta avait pris son garçon par la main et, s'efforçant de dissimuler de son mieux l'embarrassant petit malheur qui venait d'arriver à Rudolf, avait dit : « Si messieurs les ouvriers veulent bien m'excuser. J'imagine que ces messieurs ont envie de rester un peu entre eux et pourront se passer un instant de la compagnie de la petite main-d'œuvre. » Les ouvriers Ferdinand et Wilhelm avaient ri de bon cœur. Wilhelm avait tapoté avec bienveillance l'épaule de Berta, et Ferdinand Wolf avait commenté : « Quelle charmante créature, si modeste ! »

Wilhelmine, quant à elle, la tête entre les mains, désignant la mare sur le plancher, s'était écriée : « Berta ! Malheureuse ! Quand vas-tu enfin apprendre à Rudolf à aller aux cabinets à temps ? »

La petite Berta, retroussant son petit nez, avait déclaré : « Moi, oncle Wolf, ça ne m'arrive plus, ces choses-là. » L'oncle Wolf s'était éclairci la gorge, avait tapoté la joue de la petite Berta, et Wilhelmine avait dit : « Rudolf ! Prends donc exemple sur ta sœur ! »

Berta s'était vite éclipsée avec Rudolf, pendant que Wilhelmine partait de son pas dandinant vers la cuisine, revenait avec une serpillière et nettoyait les traces du malheur. « C'est dégoûtant ! Dégoûtant ! À son âge, ça ne devrait plus lui arriver ! »

Ferdinand Wolf avait hoché la tête : « Eh oui. L'éducation des enfants. C'est du travail. Ça n'a rien de facile. Je sais bien. Ça demande beaucoup de ressources. C'est vraiment du travail. »

Wilhelm avait lancé un regard reconnaissant à son collègue Ferdinand Wolf, tandis que Wilhelmine répliquait, furieuse : « Ça n'empêche qu'il faut le faire. » Et, avec un regard sévère pour Ferdinand Wolf, elle avait ajouté : « Le travail. »

## « ... CE N'ÉTAIT QU'UN RÊVE. »

Rudolf était cloué sur la croix. Autour de lui, de petits groupes de gens s'étaient rassemblés, qui le toisaient d'un regard désapprobateur. « Où est ma mère ? » demanda Rudolf sur sa croix.

« Ta mère est au tombeau », lui répondit une voix sans visage, issue de l'un des groupes, et Berta sut qu'elle se trouvait sous terre, à quelques mètres à peine de la croix. Elle essaya de soulever le couvercle de son cercueil pour crier à pleins poumons : « Rudolf ! Je suis en vie ! J'arrive ! Attends ! Patience ! Je vais te faire descendre de là ! Rudolf ! » Berta rêvant était témoin des vains efforts de cette Berta sans force, aussi muette que morte.

« Où est ma mère ? » répéta Rudolf, dont les yeux se posèrent sur le monticule voisin, où il n'y avait ni croix ni fleurs, qui n'était rien qu'un tas de terre comme ceux que forment les taupes. Une silhouette sans visage, un simple tronc sur deux jambes, se détacha alors d'un des groupes pour lui dire : « Elle repose là. Laisse-la en paix. C'est bientôt fini. Lorsque le soleil arrivera au zénith, tu seras délivré. »

Une fois que l'homme sans tête eut parlé, les petits groupes se fondirent en une seule masse de gens. Tous portaient maintenant leur tête dans leur main, calée sur la hanche. Les têtes se ressemblaient toutes entre elles. Elles ressemblaient à un casque.

« Que vous ai-je fait ? » cria Rudolf. Et comme personne ne lui répondait : « Pourquoi suis-je cloué sur cette croix ? Pourquoi ? »

L'un après l'autre, les sans-tête sortirent de la masse de gens. Des voix de femmes de filles d'hommes de garçons se succédèrent.

« Tu ne sais pas rattraper un ballon.

— Tu ne sais pas jouer d'un instrument.

— Tu ne sais même pas chanter.

— Tu tombes tout le temps.

— Tu saignes du nez.

— Tu as deux mains gauches.

— Tu ne retiens jamais aucune date.

— Tu ne retiens même pas les Dix Commandements.

— Tu es nul en orthographe.

— Tu ne sais même pas copier.

— Tu sais à peine dessiner des animaux, ou une maison ; tu es incapable de dessiner des bonshommes avec deux mains, dix doigts, deux pieds et une tête. Les tiens ont cinq yeux et une gueule énorme. Les tiens ont sept têtes ou aucune, vingt-trois doigts ou rien du tout.

— Tu ne sais pas attraper les grenouilles.

— Tu n'es même pas capable d'aller aux cabinets à temps.

— Tu fais pipi au lit.

— Tu ne sais pas boxer.

— Tu ne sais même pas te battre.

— Tu es lâche.

— Tu as toujours la diarrhée.

— Tu te ronges les ongles.

— Tu bégaies quand la prof te demande d'où tu viens.

— Tu es bête.

— Tu ne sais pas nager.

— Tu pleures.

— Tu grinces des dents la nuit.

— Tu es moche. »

Et Rudolf cria du haut de sa croix : « Mais je ne suis pas méchant ! »

Et les sans-tête de répondre en chœur : « Tu n'es qu'un bon à rien. »

Puis les gens remirent leurs casques, eurent de nouveau une tête, à l'exception d'un seul, qui s'avança en désignant le soleil : « C'est fini. Le soleil est au zénith. » Il jeta son casque sur la tombe de Berta, et un tremblement dévora le corps de Rudolf, tel un coléoptère qui ronge le bois. Le cri que Berta attendait toujours pendant la saison sans feuilles, ce cri bien précis, n'advint pas.

Berta Schrei cria alors pour son fils, d'un cri qui retentit d'un écho spectral et démultiplié sur la terre, dispersant la masse des gens et poussant chacun, seul à nouveau, à courir pour sauver sa vie. La voix de la Berta muette, de la Berta morte, couvrit la tempête, l'ouragan presque, qui en quelques secondes à peine semblait être allé chercher aux quatre coins du ciel des bancs de nuages noirs pour les rassembler au-dessus de la croix sur laquelle Rudolf était cloué.

Lorsque les nuages, brusquement, cédèrent, et que la pluie se déversa sur la scène, tous avaient eu le temps de se réfugier dans leurs maisons ou leurs appartements, et le cri de Berta leur annonça la fin des souffrances de Rudolf. Sa tête retomba sur sa poitrine, la lourde pluie referma le cercueil entrouvert. Et Berta Schrei sut qu'elle était morte avant d'avoir pu mettre Rudolf à l'abri du poids des choses.

## MARIANNE FRITZ

### ON NE PLAISANTE PAS AVEC L'OUVERTURE DE LA CHASSE

Le chauffeur et homme à tout faire Wilhelm Schrei téléphona de Felsenstein. À Donaublau, dans l'un des appartements qui s'étendaient derrière les façades gris sale donnant à cette rue étroite l'apparence d'un ravin, Berta Schrei, épouse, femme au foyer et mère de deux enfants, décrocha le combiné et dit :

« Aha. Tout à fait. On ne plaisante pas avec l'ouverture de la chasse. Je comprends. Mais bien sûr, Wilhelm. Je me suis toujours montrée compréhensive. Tu as quelque chose à me reprocher ? »

Et :

« Oui. Tout à fait. Tout va bien à la maison. Voilà. »

Et :

« Quatre semaines sont déjà passées, deux semaines de plus passeront bien, elles aussi. »

Et :

« Aha. Ce n'est pas nécessaire. Il n'y a rien de neuf ici. Pourquoi te ferais-tu du souci ? Berta et Rudolf ont juste repris l'école. Tout à fait. Voilà. »

Et :

« Non. Rien de nouveau. J'ai juste un rendez-vous à l'école. Pour notre fille. »

Et :

« Pourquoi la lettre n'annoncerait rien de bon ? Puisque Berta a des facilités. »

Et :

« Mais bien sûr que je vais y aller. Pourquoi devrais-je perdre la tête ? »

Et :

« Je voulais te dire. Cette ressemblance, Wilhelm, cette ressemblance. Qu'est-ce que tu dis ? Tu dois raccrocher ? Aha. Non. Rien de spécial. Bien sûr. Ne le fais pas attendre. S'il a des consignes à te donner. Certainement. Tout à fait. »

Et :

« Je sais. Oui oui. »

Lorsque Berta raccrocha, des larmes roulaient sur ses joues.

Les trois jours que Wilhelm devait passer à Felsenstein se changèrent en cinq, les cinq jours en sept, et une semaine se changea en deux, puis trois, puis quatre, et cela allait faire bientôt six semaines que Wilhelm était à Felsenstein.

À cinq cents kilomètres de chez lui, le chauffeur et homme à tout faire Wilhelm Schrei avait beaucoup à faire. Car évidemment, l'ouverture de la saison de la chasse de son patron commençait pour lui plus tôt, bien plus tôt que pour les gens importants, qui arrivaient petit à petit, en partie convoyés par lui, entre autres missions, jusqu'au domaine de Müller-Rickenberg. La saison de la chasse elle-même lui donnait tout un tas de tâches supplémentaires. Et Wilhelm Schrei aimait beaucoup son métier.

## TRAÎNER LEURS CARTABLES

Berta, qui dormait toujours mal lorsque Wilhelm, en sa qualité de chauffeur et homme à tout faire, était en déplacement, s'était résignée à voir Rudolf se traîner à l'école et rentrer à la maison d'humeur massacrante. Elle avait jugé superflu d'annoncer la nouvelle à Wilhelm, puisque chaque année, dès la fin des vacances d'été, Rudolf recommençait à traîner les pieds.

Ce qui la laissait songeuse, en revanche, c'est que la petite Berta ressemble chaque jour un peu plus à Rudolf et se mette elle aussi à traîner son cartable derrière elle par la bretelle. La mère savait exactement quand ses enfants rentraient de l'école. Elle entendait monter de la rue le bruit de leurs cartables sur le trottoir; un bruit caractéristique, qui s'insinuait dans ses oreilles tel un mauvais présage. Elle se cramponnait alors à la table et retenait sa respiration pour conserver l'équilibre. La petite Berta ouvrait la porte de l'appartement, passait à côté de sa mère en traînant les pieds, allait s'asseoir dans un coin de la chambre et regardait dans le vide.

La mère nettoyait les traces que le cartable avait laissées derrière lui.

La petite Berta traînant elle aussi son cartable derrière elle, ce qui jusqu'à présent avait été le seul cas de Rudolf, il semblait inévitable que le parquet soit sale et le tapis tout plissé. À peine Berta avait-elle nettoyé les traces laissées par sa fille que Rudolf arrivait en traînant les pieds, passait à côté d'elle tout aussi muettement et sombrement, et allait lui aussi s'asseoir dans un coin de la chambre pour regarder dans le vide, pas le moins du monde surpris de trouver la petite Berta dans la pièce.

Cette nouveauté, la petite Berta qui s'isolait dans la chambre, n'avait déjà plus rien de nouveau.

Ce jour-là, une fois que Berta eut fini de nettoyer les traces laissées par le cartable de Rudolf, elle entra dans la chambre et dit :

« Aha. Il ne s'arrête vraiment plus de pleuvoir. »

Silence.

« Papa a appelé. »

Silence.

« Il va bien. »

Silence.

« Il est très occupé. »

Silence.

« Vous ne voulez pas venir manger ? »

Silence.

« Vous devez avoir faim ! »

Silence.

« Bon. Je veux dire. C'est l'heure de manger, en principe. »

La petite Berta leva la tête et, ignorant sa mère, s'adressa à Rudolf : « Celle-là avec ses je veux dire. Elle veut toujours dire quelque chose. Il lui manque franchement une case. »

Rudolf haussa les épaules sans répondre.

« Il faut quand même bien manger, non ? Je veux dire, il y a quand même du vrai là-dedans ? »

Rudolf, ignorant sa mère, s'adressa à la petite Berta : « Tu as raison. »

La petite Berta haussa les épaules sans répondre.

Berta dit : « Aha. » Puis, après un assez long moment de réflexion : « Et quand bien même il me manquerait une case, dit-elle en pointant du doigt sa tempe droite, je n'en reste pas moins votre mère, non ? »

À quoi la petite Berta répondit d'un laconique : « Hélas. »

Rudolf haussa les épaules.

« J'ai reçu une lettre. »

Rudolf jeta un coup d'œil à sa mère, se remit à regarder dans le vide. « Pas la peine de te déplacer. La maîtresse va te dire qu'elle est bête, c'est tout, marmonna-t-il en désignant la petite Berta. Fin de l'histoire.

— Quoi ? Qui est bête ?

— À ton avis ? Elle, là ! répliqua Rudolf en montrant du doigt la petite Berta qui ruminait sombrement dans son coin.

— Rudolf ! Mais où vas-tu chercher ça ? Notre Berta a des facilités. N'est-ce pas, Berta, que tu as des facilités ? On était pourtant d'accord ? »

La petite Berta fit la grimace : « Avec une mère pareille.

— Mais qui t'a appris à parler comme ça ?

— C'est moi, répondit Rudolf en se grattant la tête. Et je tiens ça de tante Wilhelmine.

— Aha, dit Berta, se mettant à réfléchir. Mais j'ai toujours eu des facilités, moi. J'avais dix sur dix partout. Eh oui. Parfaitement ! Il n'y avait que des dix sur mon bulletin ! Vous ne me croyez pas ? Demandez donc à tante Wilhelmine. Vous êtes injustes avec moi. Je n'ai jamais été bête. Jamais !

— Aha », dit la petite Berta, esquissant un sourire ironique. Mais aussitôt, son corps se recroquevilla, et la fillette de huit ans fut secouée par une révolte sans larmes contre la défaite la plus douloureuse qu'elle eût jamais essuyée. Rudolf se leva de son coin et, s'approchant raidement de sa sœur, il lui tapota l'épaule et caressa maladroitement les cheveux puis, la gratifiant d'un regard d'expert, car il était bel et bien expert en défaites, il lui dit : « T'en fais pas. On s'habitue. » Sur ce, le jeune spécialiste contourna sa mère et sortit de la chambre. Quelques secondes plus tard, le bruit de son pas traînant s'éloignait dans le séjour, puis dans le couloir.

Il était pressé. Il faut dire qu'en cette saison, la diarrhée faisait partie du quotidien de Rudolf aussi sûrement que l'amen venait clore une prière.

## LE RENDEZ-VOUS AVEC MADAME L'ENSEIGNANTE

Le rendez-vous avec madame l'enseignante s'était terminé de la même manière qu'avec madame la directrice. Mais Berta ne parvenait toujours pas à comprendre. Elle restait plantée là, comme assommée par un coup de massue, regardant madame l'enseignante comme si celle-ci pouvait, immédiatement ou quelques minutes après, ou même un peu plus tard, prononcer les mots qui les absoudraient, elle et sa progéniture féminine.

« Ma chère madame Schrei. Il se peut que Berta ait des facilités. Mais. Au vu des circonstances. J'ai quarante enfants dans ma classe. Je ne peux pas interroger chacun jusqu'à ce qu'il soit prêt, tôt ou tard, et plutôt tard, donc, à me prouver qu'il pourrait éventuellement savoir combien font un plus un.

— Mais Berta le sait ! avait rétorqué la mère de celle-ci, et l'enseignante avait haussé les épaules avec un air de regret.

— Quand je l'interroge, elle ne sait pas. Je ne peux pas lire dans ses pensées. Elle ne sait même pas comment s'appelle la ville où elle est née et où elle vit. Je ne peux pas sans cesse sonder son cerveau. Imaginez un peu. Quarante cerveaux à sonder. C'est impossible, tout bonnement impossible ! Je sais que la solution n'est pas idéale. Mais vous pouvez me dire comment je suis censée avancer dans mon programme en sondant quarante cerveaux à la fois ? Ce n'est pas faisable.

— Donnez-lui encore un an. Je sais. Rudolf a été dès le début un élève plutôt difficile. Mais Berta. Berta avait quand même des facilités ? C'était le cas jusqu'à présent, non ? Pourquoi est-ce que ça changerait, subitement ?

— Ma chère madame Schrei. Vous accordez trop d'importance à cette petite réorientation. Que va-t-il se passer, au fond ? Berta va changer d'établissement, c'est tout. Voyez ça plutôt comme une mesure organisationnelle. Car ce n'est rien de plus. Ça ne dit absolument rien du chemin que prendra Berta par la suite. Elle peut toujours devenir une Marie Curie !

— Non. Je ne peux pas me satisfaire de ça. Vous ne pouvez pas mettre ma fille dans une école spécialisée. Vous n'avez pas le droit ! Moi-même, madame, j'avais dix sur dix partout, et ma fille aussi n'aura que des dix ! Je vous le promets ! Sur ma vie ; j'en fais mon affaire. Je vous demande juste un an. Un an !

— Calmez-vous. Madame Schrei, ce n'est pas la peine de vous énerver !

— On veut mettre ma Berta dans une école spécialisée ! On dit que ma Berta est bête ? Et je devrais rester calme ? »

Sur ce, Mme l'enseignante et ses paroles apaisantes avaient raccompagné Berta Schrei, toujours aussi agitée, à la porte de la salle des professeurs.

Berta rentra chez elle comme une somnambule, luttant vaillamment contre les larmes. Mais à peine posa-t-elle le pied sur le trottoir de sa rue qu'elle fut secouée par la honte et que la défaite lui coula des yeux, si bien que ce fut quasiment en aveugle qu'elle tituba le long de la rue du Jour des Morts, jusqu'à la maison portant le numéro 13.

« COMME D'HABITUDE, WILHELM. COMME D'HABITUDE. »

Depuis ses rendez-vous avec madame la directrice

de l'école primaire et madame l'enseignante, Berta n'éprouvait plus le besoin de réprimander sa fille, ni même de lui rappeler qu'un cartable, ça se portait sur le dos.

À Wilhelm, qui appelait de Felsenstein pour prendre des nouvelles, Berta répondait qu'il n'y avait absolument rien de neuf.

Elle se gardait bien de mentionner que la petite Berta, comme Rudolf, rentrait désormais de l'école en traînant son cartable derrière elle à la manière d'une valise trop lourde, impossible à porter, ou d'évoquer son nouveau statut d'élève d'une école spécialisée.

Lorsque Wilhelm lui avait demandé si elle était bien allée voir l'enseignante, et ce que celle-ci avait à lui dire, Berta avait répondu : « Comme d'habitude, Wilhelm. Comme d'habitude. »

Elle n'évoquait pas davantage la transformation de la petite Berta qui, d'élève consciencieuse et assidue, était devenue nonchalante et brouillonne.

Auparavant, s'il arrivait à la petite Berta de faire une rature ou de laisser avec son porte-plume une tache d'encre dans son cahier, elle en recopiait aussitôt proprement tout le contenu dans un cahier neuf. Ses lettres droites, rondes et bien formées semblaient désormais jetées nonchalamment sur le papier. L'une penchait à gauche, la suivante à droite, elle ne respectait même pas les interlignes.

Son écriture montait, descendait, elle ne se souciait plus des taches d'encre, et devant chaque exercice à faire elle déclarait, laconique : « J'y arrive pas. »

Elle n'était même plus capable de recopier un texte sans fautes, encore moins de formuler une phrase par elle-même. La petite Berta et Rudolf rivalisaient de trous de mémoire, ne retenaient ni les Dix Commandements ni le nom de leur propre ville, juraient ne pas connaître la rue dans laquelle ils jouaient pourtant tous les jours. Et s'il arrivait à Berta de perdre patience et de s'exclamer, désespérée : « Non, mais dites donc ! Un plus un ! Vous savez ça, quand même ! », commençant elle-même à douter des capacités intellectuelles de ses enfants, elle n'obtenait pas d'autre réponse que madame l'enseignante. Haussements d'épaules. Silence. À la rigueur un : « Je sais pas. »

Ces nouveautés étaient si habituelles désormais que Berta, malgré les questions réitérées de Wilhelm, lui dressait invariablement le même constat : « Il n'y a rien de neuf. Que veux-tu que je te dise, Wilhelm ? Toujours pareil. Voilà. Oui. Tout à fait. »

## UN NOUVEAU RÊVE QUI LUI DONNA À RÉFLÉCHIR

La nuit suivant son rendez-vous avec madame l'enseignante, Berta Schrei eut un nouveau rêve qui lui donna à réfléchir. Rudolf et la petite Berta étaient à la maison, en train de faire leurs devoirs. On sonnait à la porte, la petite Berta courait ouvrir et on jetait un cadavre à ses pieds. Elle se mettait à crier : « Le cadavre ! Le cadavre ! Rudolf, c'est le cadavre ! » Elle tournait autour, Rudolf accourait et elle montrait le cadavre du doigt. Les enfants se regardaient, étaient pris d'un fou rire, se tapaient les cuisses, attrapaient le cadavre par les jambes et, joignant leurs forces, le traînaient dans le séjour, s'accroupissaient à côté, le regardaient, hochaient la tête, pouffaient de rire, échangeaient un clin d'œil, se levaient, dansaient une ronde, s'accroupissaient de nouveau près du cadavre. Les heures, les jours passaient, et la faim finissait par les pousser hors de l'appartement ; et ils allaient de porte en porte, deux petits mendiants dont la faim, deux petits idiots dont l'idiotie se lisaient dans les yeux.

Berta rêvant se voyait en cadavre gisant dans le séjour, voyait ses enfants aller de porte en porte, voyait un règlement affiché sur le tableau noir à l'entrée de l'immeuble : « Accès interdit aux mendiants, aux idiots et aux fous. » Elle regardait ses enfants faire les poubelles, disputer un os aux chiens errants. Lorsqu'ils avaient fini de mettre sens dessus dessous les poubelles et les décharges de la ville de Donaublau, avalant avidement tout ce qu'ils trouvaient et prenant à l'occasion un papier gras pour de la nourriture, ils revenaient rue du Jour des Morts, voyaient le nouveau règlement affiché sur le tableau noir à l'entrée du numéro 13, se poussaient du coude, pouffaient de rire, dansaient une ronde en s'assurant mutuellement que l'arrêté était illisible. « Interdiction d'inhumer le cadavre susmentionné. »

Ils dansaient encore plusieurs rondes devant le tableau d'affichage puis, braillant, riant, la folie dans les yeux, les papiers gras et l'odeur des poubelles, des décharges sur le corps, ils remontaient en courant les escaliers et passaient des heures, des jours entiers auprès du cadavre, jusqu'à ce que la faim les pousse une nouvelle fois à sortir. Ils hantaient alors la ville de Donaublau, pouilleux et ébouriffés, créatures ensauvagées que les gens ignoraient, lorsqu'ils ne changeaient pas de trottoir en les croisant.

Main dans la main, ils traînaient, titubaient, couraient de porte en porte, de poubelle en poubelle, de décharge en décharge, pour finir par revenir au cadavre de leur mère, riant à s'en taper les cuisses, entonnant des complaintes, hurlant à la mort et pleurant, dansant de drôles de danses, le corps désarticulé, puis s'accroupissant à côté du cadavre, le regard dans le vide. Et Berta rêvant s'étonnait que personne ne vienne inhumer son cadavre, arracher les enfants à leur veillée funèbre ou, au moins, les tuer eux aussi.

*La vie même. La vie même. L'as-tu reniée ?*
*La vie même. La vie même. L'as-tu volée ?*
*Le poids des choses. Le poids des choses. L'as-tu oublié ?*
*Le poids des choses. Le poids des choses. L'as-tu rêvé ?*

Berta rêvant voulait venir en aide au cadavre, faire taire Rudolf et la petite Berta, mais le cadavre avait beau crier, il demeurait muet. L'effort, en revanche, faisait éclater quelque chose à l'intérieur de sa tête. Il n'échappait pas aux enfants que le cadavre s'était mis à saigner des yeux, du nez et des oreilles. Ils le montraient de leurs doigts maigres, pouffant de rire, entonnant leur chanson avec une intensité encore plus lugubre.

*La vie même. La vie même. L'as-tu reniée ?*
*La vie même. La vie même. L'as-tu volée ?*
*Le poids des choses. Le poids des choses. L'as-tu oublié ?*
*Le poids des choses. Le poids des choses. L'as-tu rêvé ?*

Tout en dansant leur drôle de danse, le corps désarticulé.

« Rudolf ! Berta ! criait le cadavre muet de toutes

ses forces. Ils vont mettre le cadavre en bière ! Ils vont mettre l'appartement sous scellés ! Rudolf ! Berta ! Le séjour va se changer en cercueil ! Rudolf ! Berta ! L'appartement va devenir un tombeau ! »

Accompagnant l'équipe envoyée pour mettre sous scellés l'appartement numéro 12 du 13, rue du Jour des Morts et faire en sorte que l'odeur de décomposition reste bien dans la tombe, il y avait Wilhelm.

Ce dernier signifiait à la progéniture de Berta de le suivre ; les enfants secouaient la tête ; Wilhelm réfléchissait un instant, puis décidait : « Je reviendrai vous chercher à mon retour de Felsenstein. En attendant, Berta vous gardera. »

La Berta muette criait : « Je ne suis pas Berta ! Wilhelm ! Je suis le cadavre ! Le cadavre susmentionné, c'est moi ! Emmène les enfants ! »

Les enfants étaient mis en bière dans le séjour avec le cadavre susmentionné. Le tombeau étant de dimensions tout à fait généreuses et disposant de plusieurs chambres funéraires, les enfants ne se rendaient pas immédiatement compte qu'ils étaient enterrés vivants. Avec le temps, toutefois, la folie de la faim commençait à décomposer leur cerveau ; ils se mettaient à tourner autour du cadavre ; la folie de la faim ouvrait leur bouche en grand. Leur éducation les retenait encore quelques jours, puis leurs doigts maigres, poussés par la faim, s'enfonçaient dans la chair en décomposition de leur mère, qu'ils finissaient par ronger entièrement, ne laissant que les os.

La peau des enfants s'asséchait à vue d'œil et, au bout d'un moment, ils ressemblaient davantage à des pruneaux qu'à des humains ; ils ne marchaient plus désormais qu'à quatre pattes, en poussant des sons inarticulés, et se battaient de plus en plus souvent. Ils avaient perdu l'usage du langage et oublié la station debout lorsqu'un jour, Wilhelm se mit à tambouriner contre la porte du tombeau. Les bruits qui lui parvenaient de l'intérieur, ces grattements, ces frottements ne pouvaient pas être le fait de ses enfants. Wilhelm trouvait certes un peu surprenant qu'un cadavre remue dans son cercueil, mais c'était sans doute une illusion due à la fatigue, et, en tenant compte de cette condition, il était fort possible qu'il n'ait rien entendu du tout.

« Bizarre. J'aurais juré qu'ils étaient à l'intérieur », marmonnait-il, secouant la tête, se consolant aussitôt avec l'idée qu'il y avait tant de choses dans ce monde qu'un citoyen lambda comme lui ne parviendrait sans doute jamais à imaginer.

Alors il redescendait les escaliers, sortait de l'immeuble, plus surpris qu'inquiet, plus rassuré que perplexe, davantage à ses devoirs de chauffeur et homme à tout faire qu'aux étranges événements qui se déroulaient au numéro 13 d'une rue étroite de la ville de Donaublau.

## QUE WILHELM RENTRE BIENTÔT

De tels cauchemars entrecoupaient les nuits de Berta Schrei, ébranlant de plus en plus son sommeil et sa volonté de composer avec le poids des choses, de se résigner à la vie même et de résister tant bien que mal jusqu'à ce que Wilhelm revienne de Felsenstein. Elle jugeait superflu de lui raconter ses cauchemars au téléphone, puisque ceux-ci, au vu de leur régularité, n'avaient plus le statut de nouveautés. Or, Wilhelm voulait connaître les nouvelles, pas ce qui faisait désormais partie de son quotidien.

Et comme elle se languissait intensément de Wilhelm depuis plusieurs semaines déjà, elle n'évoquait pas davantage cette langueur.

Elle avait donc une fois de plus reposé le combiné en continuant à espérer secrètement que Wilhelm rentre bientôt et lui explique comment présenter à la petite Berta son transfert à l'école spécialisée comme une affaire qui n'affecterait guère sa vie future; comment aider les enfants à mener leur petite vie insignifiante et comment elle-même affronter au mieux la saison sans feuilles qui allait inéluctablement s'amorcer.

Ce mauvais moment passé, les enfants, et Rudolf en particulier, vivaient dans l'attente joyeuse des vacances de Noël et, à l'arrivée de l'hiver, Rudolf s'était habitué à la diarrhée qui s'installait à chaque rentrée, au bégaiement et aux «Je sais pas» répétés en classe, mais aussi aux pipis au lit et, surtout, aux maux de tête.

Alors, les nuits de Rudolf devenaient moins agitées, et les grincements de dents comme les pleurs étouffés qu'il laissait échapper dans son sommeil perdaient en régularité.

## LES DEUX ENFANTS ROYAUX

Berta Schrei cessa de considérer comme une occasion définitivement manquée toute heure où elle ne donnait pas à sa progéniture une importante leçon de vie. Elle avait pris acte du fait qu'un beau matin, les enfants avaient refusé de sortir du lit et de s'habiller, avait appelé l'école pour annoncer que les enfants étaient malades et était allée les rejoindre au lit. En trois jours à peine, la nouvelle vie de Berta avec sa progéniture était devenue une habitude.

Le matin, les enfants restaient au lit, Berta leur

apportait leur petit déjeuner et, quand ils avaient fini de manger, avec appétit, ils se mettaient à chanter. Elle ne réprimandait pas ses enfants lorsqu'ils chantaient faux; pourtant, les enfants de Berta, qui avait l'oreille musicale, visaient systématiquement à côté, un demi-ton trop haut ou trop bas. Rudolf et la petite Berta chantaient les paroles à tue-tête et n'avaient aucun mal à lire les textes de leur cahier de chants. Ils commençaient par *Le beau Danube bleu,* poursuivaient avec *Les deux enfants royaux* et, après avoir entonné *La Lorelei,* reprenaient *Le beau Danube bleu.*

Passé leur heure de chant, ils faisaient les fous et se chamaillaient. Il n'y avait pas de devoirs, pas de zéros, pas de lettres bleues d'avertissement ni de bleus sur le corps, tels qu'en laissent les bagarres et les cours de gymnastique, pas de piques ni de moqueries, pas de mais ni de si, de pour ni de contre, pas de gronderies les incitant à mieux se comporter et à avoir de meilleures manières.

Berta racontait ses histoires à un public attentif, en cuisinant, en repassant, en faisant son ménage. Au cours de ces journées, Rudolf et la petite Berta ne quittaient pas leur mère d'une semelle, ils lui tournaient autour, la câlinaient, la consolaient lorsqu'elle n'avançait pas trop dans son ménage, cassait un verre en faisant la vaisselle, laissait carboniser les pommes de terre, changées en masses noires dures comme la pierre, ou lorsqu'elle brûlait un mouchoir ou une chemise de nuit en repassant. De temps en temps, elle interrompait son travail de Sisyphe pour ressortir l'album photo de la famille Faust ou une lettre du front envoyée par son père, ses frères ou Rudolf; puis elle prenait une nouvelle fois la résolution solennelle d'enfin ranger l'appartement de fond en comble.

Malgré ou peut-être justement à cause de sa minutie, Berta n'avançait guère. Les enfants lui assuraient qu'il était bien difficile de trouver une place attitrée à chaque objet dans l'appartement, mais refusant eux aussi de se défiler devant cette difficile tâche, ils aideraient leur mère. Incroyable, le nombre de places possibles qu'il y avait pour chaque objet dans l'appartement ! Ils pourraient ranger comme ci, comme ça ou tout autrement. Au bout d'un moment, c'était devenu une formule toute faite, vide de sens; une sorte de formule de politesse face au poids des choses qui, du reste, tous trois, ne les concernait pas.

## BAH ! LA GUERRE !

« Eh oui, voilà ce qui est arrivé. » Berta racontait pour la énième fois la même histoire à sa progéniture. « Ma mère me répétait : Jamais de la vie,

Berta. Si une bombe doit tomber en plein sur le numéro 13, c'est que Dieu l'aura voulu. Je suis trop vieille pour tout recommencer à zéro. Et si le numéro 13 est épargné et qu'une bombe tombe ailleurs alors que j'y suis ? Ce n'est pas logique. Dieu ne peut pas vouloir une chose pareille. Comme on dit, il ne faut pas déraciner un vieil arbre. Ce n'est pas bon pour lui. Non. Je reste ici. Alors moi, j'ai dit à ma mère : Tu as sans doute raison, maman. Mais c'est quand même la guerre. »

Berta sourit. « Et vous savez ce que ma mère m'a répondu ? »

Rudolf balaya l'air d'un geste impatient : « Bah ! La guerre ! Qu'est-ce qu'il faut pas entendre ! Aussi vrai que le Seigneur est cloué là-haut sur sa croix, je bougerai pas d'ici. »

Berta hocha la tête, le regard perdu dans le vague. La petite Berta demanda, pantelante : « Et une bombe est tombée sur le numéro 7 ? »

Berta hocha la tête ; Rudolf répondit à sa place : « Évidemment. Qu'est-ce que tu crois ?

— Et grand-mère était justement au numéro 7 ? Je vais discuter un peu avec la voisine. C'est ce qu'elle a dit ? » insista la petite Berta, se délectant toujours des mêmes questions.

Berta, comme chaque fois, haussa les épaules sans répondre.

« Sacré nom de Dieu ! Sacré nom de Dieu ! s'exclama la petite Berta en se grattant le menton.

— Elle était très sévère, la mère. Mais juste. C'était une femme sensée.

— Je te préfère, toi », marmonna Rudolf en posant la tête sur les genoux de Berta.

Et la petite Berta de grommeler : « Fais-moi une petite place ! Il faut toujours que tu aies tout pour toi tout seul ! », et Rudolf se poussa à contrecœur pour que la petite Berta puisse elle aussi loger sa tête sur les genoux de leur mère.

Berta passa son bras gauche autour des épaules de sa fille, son bras droit autour de celles de son fils. Ils étaient installés dans la chambre, sur un lit jumeau. Berta compta dans sa tête les coups de l'horloge : il était huit heures du soir et, dans deux jours, Wilhelm rentrerait de Felsenstein. Voilà du moins ce que Berta croyait.

## RENTRE VITE VOIR TA FEMME

Ce que Berta Schrei ne savait pas, c'est que le chauffeur et homme à tout faire, pour des raisons que lui-même ne comprenait pas vraiment, avait menti à son patron : « Ma femme est au lit avec quarante de fièvre. J'espérais que ça passe rapidement. Mais je viens d'apprendre que la fièvre n'est pas près de tomber.

— Mais enfin, Wilhelm. Pourquoi ne l'as-tu pas dit plus tôt ? Je me disais bien, répondit Johannes Müller-Rickenberg, qui en réalité ne s'était jamais rien dit de la sorte, que Wilhelm n'était pas dans son assiette. Dis-moi : combien de jours te faut-il pour remettre ta dulcinée sur pied ? »

Trois jours tout au plus, lui assura Wilhelm, et que cet incident était très embarrassant pour lui. Entre les sourcils de Johannes Müller-Rickenberg se dessinaient deux rides verticales de mauvaise humeur. Les coins de sa bouche, tombants, ainsi que la lèvre inférieure retroussée sur la lèvre supérieure signalaient à Wilhelm la détermination de son patron à soumettre sa situation à un contrôle approfondi.

« Puisque tu vas voir ta dulcinée, fais preuve d'imagination avec la comtesse ; n'oublie pas de lui dire que mon état de santé est plus que préoccupant. Ça la consolera un peu de ma longue absence. Mais pense surtout à l'essentiel : les romans policiers. Dis bien à la comtesse que je les ai personnellement rapportés de France. Achètes-en quelques-uns en anglais et en italien pour compléter. Il va lui falloir des réserves pour deux à trois semaines supplémentaires. Penses-y en faisant tes achats ! Et n'oublie pas de dire à ta dulcinée que nous allons être occupés encore un petit moment à Felsenstein. Ce sera tout. »

Sur ce, Wilhelm hocha la tête, tourna les talons et, les mains croisées dans le dos, les épaules un peu voûtées, il traversa tout droit le parc aux couleurs automnales. Il savait que son maître était pressé de regagner la maison. Sa nouvelle conquête, Françoise, fraîchement importée de Bretagne, avait besoin de lui.

## FOSSOYEUR ET, BRIÈVEMENT, GRENADIER DE CHAR

Berta répondait pour la énième fois à la question de Rudolf.

« Qu'est-ce qu'il a fait, grand-père ?

— Il était fossoyeur. Puis grenadier de char. Puis fossoyeur. Et déserteur, quand il était grenadier. » Berta eut un petit rire. « Il s'est caché dans la grange du père Zweifel à Gnom. Jusqu'à la fin de la guerre. La femme de Zweifel lui apportait du pain et du lard. Il n'aurait pas fallu que le paysan l'apprenne. Mais il n'en a jamais rien su. » Nouveau rire de Berta. « Eh oui. C'était un monsieur important, à l'époque, le père Zweifel.

— Mais non ! En octobre ! Qu'est-ce qui lui est arrivé en octobre ? demanda Rudolf, que seule cette histoire intéressait, l'apaisant étrangement.

— Eh bien. Un journal a écrit : On a retrouvé un cadavre. Dans la forêt de Müller-Rickenberg, dans la commune de Gnom, près de Sankt Neiz am Grünbach. Sous un monticule de terre recouvert de branches de pin. Une tombe, quoi. Avec une balle dans la tête. Enterré trois à quatre semaines plus tôt. Le cadavre était bâillonné, avec les mains attachées dans le dos.

— Et le cadavre, c'était le fossoyeur ? »

Berta haussa les épaules.

« Il était parti dans la forêt. Il n'est jamais revenu.

— Mais comment tu sais que c'était le cadavre de grand-père ? insista Rudolf.

— Eh bien. Parce qu'on m'a prévenue.

— Mais pourquoi vous l'avez pas cherché ? Peut-être que c'était pas lui, le mystérieux cadavre ?

— C'est ce qui s'est passé, dit Berta.

— Et grand-mère, elle l'a vu, le cadavre ? Et oncle Wastl, et oncle Karl, et oncle Richard, qu'est-ce qu'ils ont dit ? Tout le monde était sûr que le cadavre, c'était le fossoyeur ?

— Mais enfin, c'était en octobre ! s'écria la petite Berta en envoyant un coup de coude à son frère. Tu es bête ou quoi ? Ils étaient déjà tous morts.

— Aha, dit Rudolf en étirant les syllabes, puis encore une fois : Aha.

— Et pourquoi il était fossoyeur, mon grand-père ? demanda la petite Berta, et Berta haussa les épaules.

— C'est comme ça. Et il a récupéré son emploi sans problème après la guerre. Il n'avait aucune raison de disparaître puisque la guerre était finie. »

Rudolf envoya plusieurs petits coups de poing dans le dos de sa sœur : « Il tue personne, le fossoyeur ; et il tient toujours parole. S'il dit qu'il rentrera de la guerre, il rentrera. Tu sais pourquoi ?

— Évidemment ! rétorqua sa sœur, blasée.

— Alors, dis-le ! Dis-le, si tu le sais ! »

La petite Berta, vexée, ne répondit pas. Berta parla à sa place : « Eh bien, parce que je suis fossoyeur. Et qu'on a toujours besoin de fossoyeurs, si on ne veut pas sombrer dans le chaos. En fait, il fallait que je reste en vie. Je suis peut-être le dernier à connaître le métier ! Et que devient un métier quand aucun de ceux qui l'exercent ne rentre du front ? »

Berta eut un petit rire, puis poursuivit : « Eh oui, c'était un fossoyeur enthousiaste. Il savait l'importance de sa profession pour la société. Il aimait beaucoup son métier. »

Le regard de Berta tomba sur le profil de Rudolf ; pensant à son père fossoyeur et, brièvement grenadier de char, elle dit : « Eh oui. Tu étais vraiment un bon fossoyeur. »

Les yeux de Rudolf se fermèrent. « Peut-être que

moi aussi, je pourrais devenir fossoyeur», dit-il avant de s'endormir tout à fait.

Berta eut un sourire malicieux, répéta : «Eh oui. Tu étais vraiment un bon fossoyeur.» Puis elle se fit la remarque que les enfants s'étaient beaucoup rapprochés d'elle ces trois derniers jours. Et sans qu'elle sache trop pourquoi, il lui sembla indiqué de veiller, cette nuit-là. Pour échapper aux cauchemars ou pour analyser sa vie et celle de ses enfants.

Peut-être que tout cela était logique, mais peut-être aussi que ça ne l'était pas du tout.

## DES LETTRES DROITES, RONDES ET BIEN FORMÉES

Berta Schrei avait donné naissance à un garçon en 1945 et à une fille en 1950 et, en 1958, juste avant le début de la saison sans feuilles, elle annonça par écrit à Wilhelm ce qu'il lui semblait indispensable de lui annoncer; les lettres étaient tracées très proprement, de manière très lisible; c'étaient des lettres droites, rondes et bien formées.

Elle avait toujours eu dix sur dix en écriture. D'ailleurs, le dernier bulletin de Berta Schrei établissait qu'en cette année 1936–1937, la dénommée Berta Faust, domiciliée à Donaublau, au 13, rue du Jour des Morts, appartement 12, avait terminé sa scolarité avec une moyenne générale de dix sur dix.

Pour formuler son indispensable annonce, Berta, par pur souci d'économie, choisit l'enveloppe bleue, qui dissimulait avec le plus grand tact la teneur de la lettre qu'elle contenait, tout comme l'enseignante avait eu à cœur d'envelopper la teneur de la décision de l'établissement avec le plus grand tact, beaucoup de compassion et une chaleureuse pitié, ce qui avait fait paraître aux yeux de madame Schrei avec une évidence d'autant plus grande la possibilité que la petite Berta, qui avait pourtant des facilités, n'en soit sans doute pas moins une élève aussi difficile que Rudolf. « Tant de pitié, avait compris Berta en rentrant à la maison, ça veut dire qu'elle est un cas désespéré. »

« Et deux cas désespérés, décida Berta au cours de cette longue nuit, c'est deux fois plus lourd à porter. »

## TOUT AUSSI VAGUES ET IRRÉELS QUE LES ANNÉES DE GUERRE

De retour de Felsenstein vers onze heures du matin, Wilhelm, encore en uniforme de chauffeur, prévoyait de faire une entrée triomphale, en s'exclamant : « Qu'est-ce que tu dis de ça, Berta ? Deux jours plus tôt que prévu ! M'en aurais-tu cru capable ? »

Il se glissa dans l'appartement comme un cambrioleur, alla jusqu'à la porte de la cuisine, approcha son oreille du trou de la serrure et, riant de plaisir, ouvrit la porte en lançant, les bras écartés : « Berta ! C'est moi ! »

Déçu, il se laissa tomber sur une chaise, ôta sa casquette de chauffeur, se dit que sa Berta était sortie pour une course, s'égayant à l'idée de la tête qu'elle ferait lorsqu'elle rentrerait, de le trouver ainsi dans la cuisine ; une vision aussi habituelle qu'inattendue. Il sourit, content de lui-même et de la situation, puis son regard tomba sur l'enveloppe bleue posée sur la table.

« J'ai mis un terme à ma création ratée. Ta Berta qui t'aime. »

Il lut ces quelques mots et sourit, les relut et sourit encore. Il ne comprit pas tout de suite. Même une fois toute trace de Berta Schrei effacée de sa vie et les enfants enterrés, il n'avait toujours pas compris.

Presque deux ans plus tard, l'idée commença à l'effleurer que l'ombre de la Terre ne passait pas furtivement à côté de lui tel un rêve, mais qu'il était peut-être chez lui sur celle-ci. Il en arriva à penser qu'on pouvait le définir comme un résident de la Terre, et plus particulièrement comme le fils d'une nation, des îles des Bienheureux.

Cette idée aussi floue qu'imprécise l'aidait à concevoir qu'il y avait peut-être eu un jour dans sa vie une personne qui, dans des circonstances données, avait endormi ses enfants à l'aide de somnifères avant de les étrangler à mains nues, pour ensuite se planter de toutes ses forces un couteau à viande dans la poitrine. Il s'était avéré que ce que cette personne pensait trouver derrière son sein gauche battait en réalité, anomalie physiologique, derrière son sein droit. Une particularité qui avait grandement aidé les médecins, acharnés à sauver la vie de la personne en question, à bel et bien la sauver.

En réalité, il comprenait tout, s'il faisait abstraction du fait que les événements qui avaient précédé la saison sans feuilles de l'année 1958 lui semblaient tout aussi vagues et irréels que les années de guerre.

L'annonce catégorique de Wilhelmine en réponse à son inexistante demande en mariage : « Si tu veux m'épouser, ce sera le 13 janvier 1960 ou rien », lui fit comprendre qu'il était temps d'épouser Wilhelmine.

Et avec l'annonce de Wilhelmine, la personne en question s'incarna de nouveau, en retrouvant son prénom originel : Berta.

## LA MEILLEURE MÈRE ENTRE TOUTES

La création de Berta : Rudolf et la petite Berta, était morte et enterrée. Seule la créature Berta elle-même était toujours en vie. Le fait que l'accomplissement du souhait qu'elle avait formé soit bien différent dans la réalité et que son absurdité soit prouvée par cette même réalité, Berta s'en était doutée en constatant que la petite Berta endormie ne ressemblait absolument pas à la madone du tableau, alors même qu'elle venait de la soustraire pour toujours aux griffes de la vie. Quant à Rudolf, il ne ressemblait en rien à l'Enfant Jésus.

Berta Schrei en tenait rancune à la madone et à l'Enfant Jésus. Sa volonté de tendre vers un idéal, de préserver Berta et Rudolf du poids des choses, n'était en fin de compte rien d'autre qu'un double meurtre suivi d'une tentative de suicide ratée, soit le fait d'une folle.

« Qu'est-ce que ça fait, d'avoir quarante ans ? » s'enquit Wilhelm en touchant les cheveux filasse de Berta, suivant de l'index de la main droite la raie rectiligne qui les partageait.

Berta eut un petit rire et dit : « Je crois qu'il est temps que je retourne chez le coiffeur », avant d'essayer, de ses gestes tremblants, de donner une touche plus adulte à sa coiffure de petite fille.

« Les boucles t'allaient bien, ça a toujours été

le cas. D'un autre côté, il me semble qu'une coiffure différente peut aussi avoir son charme. Toujours des boucles ; c'est peut-être un peu excessif ? Qu'est-ce que tu en penses ? »

Berta pensait que c'était le moment de décocher un sourire gêné et d'éviter pudiquement le regard de Wilhelm. La sage petite vieille, de son côté, esquissait des gestes de refus de plus en plus véhéments. Mais personne, dans la chambre numéro 66, ne prêtait attention à ses efforts pour faire disparaître à l'intérieur du mur l'inscription funeste qui le barrait, et c'était là, sans aucun doute, un présage de plus que la petite vieille devait soumettre à la réflexion du visiteur « vie ». Elle se leva de son lit, s'avança de son pas traînant vers Wilhelm, resta un instant debout à côté de lui, silencieuse, regarda à son tour la raie des cheveux de Berta, joignit les mains, lentement, calmement et, arborant le regard le plus doux de son vaste répertoire de doux regards, elle susurra, non sans une nuance d'avertissement dans la voix : « Assurément. » Et elle ne poursuivit qu'une fois que Wilhelm lui eut accordé un regard perplexe.

« Notre mère la forteresse, la meilleure mère entre toutes, a lissé les cheveux de Berta. Ils ne connaissent plus les méandres, tourments, torsions, détours, creux et lacets de la blessure de la vie. Ils se sont calmés, ils se reposent. Pas vrai, ma chère Berta ? Tes cheveux se reposent. Pas vrai qu'ils se reposent ? N'est-ce pas ? » Berta leva des yeux coupables vers la sage petite vieille. Sa poitrine remonta lentement, s'affaissa encore davantage. Wilhelm attendit en vain le long soupir qu'il connaissait si bien. Mais celui-ci s'était dissipé avant même de parvenir à se libérer de l'étreinte de sa cage thoracique.

Wilhelm saisit Berta par les épaules et la secoua doucement quoique fermement ; il la regardait avec les yeux du soldat Wilhelm Schrei, de retour du front, censé expliquer la guerre à la dénommée Berta Faust en partant de l'exemple de son camarade, son premier et dernier ami, le caporal Rudolf. Or, aux premiers jours de juin 1945, lorsqu'il s'était retrouvé face à elle, il avait eu l'impression qu'il n'y avait rien à expliquer, et les questions insistantes de Wilhelmine n'avaient pas malmené que ses tympans.

## JE M'OCCUPERAIS DE TA BERTA

« Wilhelm ! » l'interpellait régulièrement le caporal Rudolf d'une voix impérieuse, durant leur périple entre le Danemark et Francfort-sur-l'Oder, serrant fort chaque fois le bras de son ami.

« Wilhelm ! Tu te souviens de l'adresse de Berta ? Dis, tu t'en souviens ? »

Et lorsque Wilhelm hochait la tête posément, Rudolf le secouait en lui ordonnant de faire de mémoire son rapport.

« Où est-ce qu'elle habite ? Dis-le-moi tout de suite ! Où habite Berta ? »

Et le souffle de Rudolf ne redevenait un tant soit peu régulier que lorsque Wilhelm posait une main apaisante sur la cuisse de Rudolf et répondait d'une voix calme.

« Berta Faust. Rue du Jour des Morts, numéro 13, quatrième étage, porte numéro 12. Donaublau.

— Voilà. Continue comme ça. C'est bien. Il faut que tu retiennes tout ce que je te dis. Il faut que tu voies Berta avec mes yeux, ou tu ne la comprendras pas. C'est important. Si tu vois Berta avec mes yeux, tu la protégeras de tous ces cochons qui pourraient abuser d'elle et la faire tomber dans l'opprobre. C'est encore une enfant, Wilhelm. Même si son corps n'est pas anguleux et saillant, mais doux et chaud. La différence entre son père ou ses frères et un homme, c'est moi qui la lui ai apprise. Le lendemain matin, au réveil, on aurait dit un nouveau-né. Curieux. Confiant. Elle me regardait comme un bébé qui vient de téter pour la première fois le sein de sa mère et s'imagine que les choses seront toujours aussi agréables. Elle était si curieuse et si confiante ; je n'ai jamais vu une femme aussi naïve. Pas même une enfant. Oui, oui, retiens ça ! C'est avec un nouveau-né que j'ai... » Et ce jour-là, Rudolf balaya l'air d'un geste, et son visage s'assombrit. Puis, saisissant encore Wilhelm par le bras, il ajouta sur le ton de quelqu'un qui doute de sa raison : « Tout ça parce que je lui ai joué la *Valse des aquarelles* et *Le beau Danube bleu* ! » Il secoua la tête, éclata d'un rire furieux.

« Tu comprends ? *Le beau Danube bleu.* Johann Strauss, rien que ça. Tu comprends ? »

Posant une nouvelle fois une main apaisante sur la cuisse du caporal, Wilhelm dit : « Ce n'est plus qu'une question de semaines. »

Rudolf se tourna d'un bloc vers Wilhelm, le prit par les épaules et le secoua en formulant une prière aussi suppliante qu'inutile : « Wilhelm ! Si je devais y rester ! Si jamais... Tu comprends ? »

Wilhelm acquiesça et dit : « Ne t'inquiète pas.

— Wilhelm. Jure-le-moi. Serre-moi la main et promets-moi. Regarde-moi, Wilhelm ! Si j'y reste, tu sais ce que tu as à faire ? »

Wilhelm acquiesça pour la énième fois. Il savait que son ami ne se calmerait pas avant qu'il jure, qu'il lui serre la main en lui promettant ce qui, à ses yeux, allait pourtant de soi.

« Bon. Je te le jure. Si tu devais y rester, je m'occuperais de ta Berta, assura-t-il à son ami, avec un sourire bienveillant. Mais sérieusement, Rudolf. C'est un serment puéril et inutile. Je crois plutôt que c'est moi qui vais y rester. Ce serait plus logique. Si je ne reviens pas, je ne manquerai à personne. »

Rudolf rejeta son objection d'un geste aussi bref qu'explicite : « Va dire ça à Goebbels. Il comprendra peut-être que la guerre totale ne s'explique pas à un nouveau-né. Wilhelm, tu ne seras jamais un bon soldat ! Comment veux-tu appliquer ta logique à ce jeu de hasard ? Ta propre logique ? » Et le caporal Rudolf se mit à pontifier tel le professeur de musique Rudolf essayant d'enseigner les secrets de l'harmonie à ses protégées, qui le regardaient avec de grands yeux perplexes. « La logique du front est toute simple. C'est soit eux, soit nous. Il y en a un de trop. Quand on a pigé ça, on a pigé l'essentiel. Tu comprends, Wilhelm ? Le voilà, le secret de la continuation de la politique par d'autres moyens. » Et Rudolf de tapoter le front de son ami, presque joyeux soudain : « Tu ne comprendras jamais. Tu ne comprends pas ce genre de choses.

— Si je comprenais la guerre, je l'aurais empêchée », répondit Wilhelm d'une voix douce.

Rudolf éclata de rire, secouant la tête face à la logique wilhelmienne.

« Enfin, c'est vrai. Si la guerre obéissait à une

logique, on pourrait l'empêcher par des moyens logiques. Ça paraît limpide. » Rudolf tapota la cuisse de Wilhelm : « Tu t'imagines que la folie n'a pas sa propre logique. Erreur capitale ! Tout a sa logique ! Tu comprends, tout ! Mais bon, passons ! »

Wilhelm savait très bien que son ami sous-estimait son intelligence et considérait ses réflexions sur la guerre comme une vaine tracasserie pour son cerveau. La fierté de Wilhelm d'avoir pour ami quelqu'un de très intelligent, un professeur de musique dans un vrai lycée, où on enseignait le latin et le grec, le français et l'anglais, lui faisait toujours oublier bien vite les vexations que Rudolf infligeait avec une parfaite évidence à ses raisonnements singuliers.

« Si ça se trouve, on s'en sortira tous les deux. Tu viendras avec moi à Donaublau. Je te trouverai un emploi au lycée. Comme concierge, par exemple. Fais-moi confiance. Je me suis toujours bien entendu avec le directeur. Fais-moi confiance. »

Wilhelm aimait beaucoup Rudolf, et l'idée de l'accompagner à Donaublau le rendait d'humeur douce et paisible. Il savait aussi que l'humeur de Rudolf oscillait entre une révolte furieuse contre ces interminables années de folie, et de douces et paisibles rêveries, qui finissaient toujours par céder la place à une angoisse absolue pour Berta, point de focalisation de ses émotions.

« N'oublie pas la *Valse des aquarelles* ! Et *Le beau Danube bleu* ! Tu m'entends ! Il va falloir que tu apprennes à jouer du violon, Wilhelm. Jure-le-moi. Serre-moi la main et promets-moi. Tu vas apprendre à jouer du violon. Je sens que je ne vais pas m'en sortir. Je le sens, vraiment. Je le sais », lui avait un jour dit le caporal en désignant sa tempe droite. Il exprimait l'idée que la machine de la guerre lui réservait une cartouche avec une telle conviction que Wilhelm lui-même, l'espace d'un instant, avait trouvé plus que probable que son ami ne s'en sorte pas.

Wilhelm n'avait pas promis à Rudolf d'apprendre à jouer du violon ; il se sentait trop vieux pour ça. En revanche, il promettait, aussi souvent que Rudolf jugeait la réitération de son serment nécessaire, de voir Berta avec les yeux de Rudolf. Ce qui n'était pas difficile, car Rudolf avait réussi, par ses mots, à esquisser un tel portrait de Berta que Wilhelm – même s'il l'avait voulu – n'aurait pu voir Berta autrement que la voyait Rudolf.

Et Wilhelm savait qu'il faisait ce qu'aurait voulu Rudolf en n'entrant pas dans les détails des circonstances de sa mort. Seulement, Wilhelmine ne lui avait pas facilité la tâche, l'empêchant de passer sous silence les événements des derniers jours au front.

Au prix d'un effort considérable, Wilhelm arriva

rue du Jour des Morts, où seul le numéro 13 était à peu près intact ; il monta donc au quatrième étage, frappa à la porte numéro 12, regarda Berta avec les yeux de Rudolf, ce qui n'était pas bien difficile.

Et Wilhelm honora le serment qu'il avait prêté à son ami. Il resta.

Il essaya même d'apprendre à jouer du violon, avant de renoncer. Berta, que les plaintes et lamentations qu'il arrachait à l'instrument désolaient, se mettait chaque fois à pleurer et finit par lui prendre le violon des mains. « Laisse, Wilhelm. Laisse-le dans la commode. Laisse-le. Il est désaccordé. Je ne sais pas l'accorder, et tu n'as pas de professeur de musique qui puisse le faire pour toi. Laisse.

— Sois patiente. Je vais apprendre. Crois-moi. Je vais apprendre », se permit-il d'objecter, et Berta répondit par un sourire.

Un sourire bien plus déprimant pour Wilhelm que la confiscation du violon. Mais avec le temps, Berta convainquit Wilhelm qu'elle ne l'échangerait contre aucun autre, pas même contre le meilleur violoniste du monde.

## LA RÉPONSE DE BERTA

Wilhelm, le souffle court, les traits défaits, secouait Berta de plus en plus fort.

« Pourquoi ? Berta ! Pourquoi ? »

Berta eut un rire très embarrassé, dit : « Aha », et ses paupières se mirent à papilloter frénétiquement.

## WILHELMINE ARRIVE

Wilhelmine faisait nerveusement les cent pas dans la cour. Son regard allait de l'aile nord à l'aile est de la forteresse. Aucune trace de Wilhelm.

Wilhelmine était indignée, vraiment indignée. Elle était tellement indignée qu'elle dépassa le portier de son pas dandinant pour aller voir elle-même ce qui se tramait à l'intérieur de la forteresse.

Elle monta et descendit plusieurs escaliers, le souffle court, un poing serré, l'autre cramponné à son sac à main.

Son indignation appelait l'action, une bonne dose d'action. Ce n'est que lorsque son ardeur fut partagée entre action et indignation que des pensées relativement raisonnables parvinrent à s'imposer dans son cerveau. Elle se rendit compte que toutes les portes étaient fermées et qu'elle ne faisait depuis tout à l'heure que monter et descendre des escaliers. Elle décida donc de revenir de son pas dandinant vers le portier, qu'elle eut quelque mal à retrouver dans ce labyrinthe. Lorsqu'elle finit par tomber sur lui, il lui apprit que seul un escalier bien précis menait à Berta Schrei. Elle monta l'escalier en question, respira plusieurs fois à fond devant la porte du service, appuya sur la sonnette, et on lui ouvrit.

Elle dépassa à la hâte l'infirmière Franziska Querbalkner, qui s'exclama : « Ohé ! Vous, là ! Madame ! Où est-ce que vous allez comme ça ? Vous n'avez pas le droit ! Ohé ! »

Wilhelmine, qui devait reprendre son souffle, en profita pour lancer un regard assassin à l'infirmière : « Je cherche la chambre numéro 66 ; la dénommée Berta Schrei », déclara-t-elle sur un ton qui ne souffrait qu'une seule interprétation : « Ne me retenez pas inutilement avec vos questions. Je suis pressée ! »

Franzi secoua la tête : « Madame ! Ce n'est pas par là ! Par ici, madame ! Par ici ! »

L'indignation de Wilhelmine en fut sacrément ébranlée. Au terme d'une violente lutte intérieure, elle décida que, dans ces circonstances, il valait peut-être mieux céder, ce qu'elle ne faisait jamais de gaieté de cœur. Elle hocha dignement la tête, dit : « Oui, oui, je sais. Je ne suis pas idiote ! » et repassa devant l'infirmière Franziska Querbalkner la tête haute.

Elle s'arrêta un instant devant la chambre numéro 66 pour reprendre ses esprits. Elle inspira profondément, plusieurs fois, puis ouvrit brusquement la porte. Wilhelmine était dans son élément. Il fallait mettre de l'ordre dans tout ça, arranger les choses et préserver la malheureuse Berta des doutes et ruminations de Wilhelm. « Eh bien ! dit-elle, puis : Me voilà ! » en lançant un regard accablant à Wilhelm, pour lui donner un aperçu de ce qui l'attendrait dès qu'ils auraient quitté la forteresse.

« Attends un peu ! Attends un peu ! »

## DES AMIES INSÉPARABLES

Lorsque Wilhelmine avisa Berta, elle s'avança vers elle, les bras grand ouverts : « Berta ! Malheureuse ! Comment vas-tu ? Mais quelle mine tu as ! Tes cheveux ! Qui t'a fait une coupe pareille ? » Après quoi elle déposa un baiser sur la joue gauche de Berta, un autre sur la droite, l'examina de tous côtés, parcourut la chambre du regard et constata, satisfaite : « Le linge de lit est propre, et tout est bien en ordre, ici. »

Elle effleura du doigt la table de nuit de Berta et ajouta, enchantée : « Vraiment. Pas un grain de poussière. Voilà ce que j'appelle un établissement ordonné. Tu vois, Berta. Au bout du compte, tout s'est arrangé. On s'occupe de toi, ici. Tout est en ordre, tout est à sa place. »

Elle tapota la joue de Berta et dit gentiment : « Hein oui, malheureuse. Parfois la situation n'est pas aussi désespérée qu'elle en a l'air. Qu'est-ce que tu en dis, ma pauvre Berta ? »

Berta eut un rire gêné, baissa les yeux, embarrassée. Quant à Wilhelm, à peine la porte s'était-elle ouverte qu'il s'était levé d'un bond, faisant rouler au sol les roses déposées sur les genoux de Berta. Il chercha désespérément un trait d'humour à lancer, crut l'avoir trouvé, douta fort de son idée dès l'instant qu'il eut parlé.

« Tu connais notre Wilhelmine, Berta. Quand elle arrive, elle met tout sens dessus dessous, mais aussitôt après, miracle (!), miracle (!), tout est impeccable, Dieu en est témoin. »

Le regard de Wilhelmine s'était fixé sur la chaîne avec la petite madone de fer-blanc. Elle s'assit à côté de Berta sur son lit, lui caressa les cheveux, attrapa la chaîne comme sans y penser et dit d'une voix si doucereuse que la sueur se mit à perler sur le front de Wilhelm : « Mais, ma petite Berta ! Tu es une vraie pie voleuse, dis-moi ! Tu as toujours ta petite madone ! » Le tout avec un sourire ému et en regardant Berta droit dans les yeux, si bien que celle-ci eut un nouveau rire gêné et baissa une nouvelle fois le regard.

Wilhelmine posa la main droite sur les genoux de Berta et l'y laissa le temps qu'il faut pour que le clignement des paupières de Berta lui confirme qu'elle avait vu ce qu'il y avait à voir à son annulaire droit. Berta leva sa propre main droite, la laissa retomber, dit : « Aha » et commença à se tourner les pouces. Son alliance à elle était sous clé à la consigne de la forteresse.

Wilhelmine retournait attentivement la madone de fer-blanc entre ses doigts ; Wilhelm donna une petite tape à sa Wilhelmine, qui réagit d'un haussement d'épaules agacé. Wilhelm passa sur son front le grand mouchoir blanc sur lequel Wilhelmine avait brodé un W et un S, desserra sa cravate, ouvrit le premier bouton de sa chemise blanche, passa le mouchoir sur sa nuque.

« Wilhelmine. On va y aller. »

Berta leva les yeux, et son regard croisa celui de Wilhelm, qui ne souhaitait qu'une seule chose : que le sol se dérobe sous ses pieds et les engloutisse, Wilhelmine et lui.

« Aha, dit Berta puis, se tournant vers Wilhelmine : C'est un bon chauffeur. Tu es heureuse avec lui, non ? »

Wilhelmine fit une moue chagrinée, sans parvenir à bannir la lueur de triomphe qui brillait dans ses yeux. Berta avait compris !

« Eh bien, que veux-tu que je te dise. Malgré ses si et ses mais, ses pour et ses contre, je crois moi aussi que ce n'est pas un mauvais bougre. On peut en tirer quelque chose. Non, non. Quand on voit et qu'on entend ce qu'il y a dans le voisinage, on mesure quand même sa chance. »

Wilhelmine poussa un soupir.

« Si seulement je pouvais faire en sorte qu'il arrête de douter et de ruminer. Il y a du progrès. Mais parfois, il ne peut pas s'en empêcher.

— Bon », dit Berta en se tournant les pouces de plus belle.

Wilhelmine, sentant que le temps pressait, reprit entre ses doigts le trésor de Berta. « Crois-moi, malheureuse, crois-moi ; dehors non plus, la vie n'est pas facile. J'échangerais bien ma place contre la tienne. Tu as tout ce qu'il te faut ici, tu ne t'occupes de rien, on s'occupe de toi. Fini le bruit de la ville, les factures, l'agitation, rien, rien que ce calme béat. Personne pour t'offenser, te réprimander, te presser de te dépêcher constamment. Tu as toujours eu un peu la poisse. Petite, déjà, pas vrai ? Et voilà, c'est fini. Et tu l'as bien mérité. Tu n'as pas de remords à avoir. Je te comprends, tu sais. Après une chose pareille, le mieux, c'est qu'on nous laisse tranquille. Les gens seraient capables de faire de toi une mauvaise mère, une parfaite égoïste qui aurait tué ses enfants par excès de joie de vivre, pour, si ça se trouve, fuguer avec son amant. Ah ! Les gens ! Ils peuvent être tellement méchants, par pure bêtise ! Les gens ! Mais moi, il faut absolument que je te le dise ! Je ne te fais aucun reproche, ma pauvre Berta. Certainement pas ! Je sais que cette histoire t'a été dictée par ta maladie, hein oui ? Pas vrai ? »

Berta eut un petit rire gêné, tandis que Wilhelmine lui tapotait affectueusement les mains. « Eh oui. Maudite maladie. Mais tes enfants sont plus heureux maintenant, là-haut auprès du bon Dieu. C'étaient des pauvres gosses de toute façon, des avortons. Ils n'auraient sans doute jamais rien fait de bon. Tu n'as vraiment rien à te reprocher. Tout va s'arranger. Le bon Dieu s'en occupe. Il sait que ce n'est pas ta faute. Il sait ce qu'il fait. Ma pauvre, pauvre petite ! Pauvre, pauvre Berta ! Ce n'est pas possible, une poisse pareille. »

Et Wilhelmine pressa la tête de Berta contre sa poitrine, levant les yeux au ciel, accablée d'une émotion profonde et de la plus sincère compassion pour le sort de Berta Schrei. La pitié que Wilhelmine éprouvait pour la malheureuse lui fit monter les larmes aux yeux, larmes qui roulèrent sur ses joues pleines tandis que son regard plongeait dans celui de Berta et que celle-ci, bouleversée par tant de compréhension et d'attention, se cramponnait à sa chaîne avec la petite madone de fer-blanc.

Wilhelmine eut un sourire doux et compréhensif, caressa une nouvelle fois la joue de Berta et dit : « Nous sommes des amies inséparables, toutes les deux, pas vrai ? Nous autres femmes, on se comprend. Si seulement je pouvais te montrer à quel point je me sens proche de toi, aujourd'hui encore, malgré tout. Mais je n'ai rien qui soit si cher à mon cœur, auquel je tienne au point que ce serait un sacrifice pour moi de te l'offrir. Je n'ai vraiment rien du tout ! » Wilhelmine semblait très chagrinée.

## BERTA REMET À WILHELMINE SA CHAÎNE AVEC LA MADONE DE FER-BLANC

Berta, en proie à une agitation profonde qui faisait tressaillir les coins de sa bouche, versa à son tour quelques larmes. Ses mains cherchèrent maladroitement le fermoir de la chaîne, qu'aux yeux de Wilhelmine, elle mit une éternité à ouvrir. Enfin, Berta forma une petite coupe avec sa main gauche, y déposa la chaîne de la main droite et la contempla d'un air songeur, presque soucieux.

Wilhelmine avait peur que Berta ne change d'avis ; quant à Wilhelm, il retenait son souffle. Si c'était cela que Wilhelmine voulait, si Wilhelmine profitait ainsi de la situation, se jura-t-il en cet instant, il oublierait immédiatement toutes les qualités de sa femme et demanderait le divorce.

Wilhelmine ne fit rien. Berta leva vers elle sa main en forme de coupe et dit : « Moi, j'ai ça », en regardant Wilhelmine comme pour lui dire : « C'est tout. »

Wilhelmine éclata alors en sanglots et s'exclama, sidérée : « Berta ! Malheureuse ! Tu ne peux pas me l'offrir ! Berta ! Je ne peux vraiment pas accepter ! Tu ne sais pas ce que tu fais ! », et elle s'écarta, feignant l'indignation.

Wilhelm poussa un soupir de soulagement. Sa crainte était injustifiée.

Berta se leva de son lit ; elle était toute petite à côté de Wilhelmine et, chancelante, dut se hisser sur la pointe des pieds, mais parvint tant bien que mal à passer la chaîne avec la madone de fer-blanc autour du cou de Wilhelmine. Puis elle considéra son travail, eut un petit rire gêné, se rassit sur son lit, dit : « Aha », et se tourna les pouces de plus belle.

« Wilhelmine ! s'exclama Wilhelm, oubliant qu'ils étaient dans un lieu public. Wilhelmine ! »

Wilhelmine lança à Wilhelm un regard aussi penaud que désemparé. « Que veux-tu, Wilhelm ? Que veux-tu ? Qu'est-ce que j'ai fait ? Wilhelm, enfin, aide-moi ! Rends-lui la chaîne, toi. Je ne peux pas gâcher sa joie. Fais-le, toi, lui chuchota-t-elle, avec un haussement d'épaules impuissant. Je ne peux pas la contrarier. »

Wilhelm s'agenouilla devant Berta, ramassa les roses, les reposa sur ses genoux. « Tu as fait une grande joie à Wilhelmine. C'est très généreux de ta part », dit-il en se maudissant dix fois, vingt fois, cent fois pour chacun des mots qu'il prononçait.

Berta contempla les roses un peu abîmées, les feuilles et les boutons cassés, eut un petit rire gêné, ne dit rien.

L'intériorité qu'elle avait sans relâche mais vainement essayé d'atteindre se déploya alors sur son visage, pour ne plus jamais le quitter.

La sage petite vieille en prit acte, satisfaite.

## WILHELM SE MIT À PLEURER ET SORTIT

Et Wilhelm se mit à pleurer.

La dernière fois que Wilhelm avait pleuré, c'était le jour où il avait rampé jusqu'à la tête de Rudolf et, l'attrapant par les cheveux pour s'imprégner des traits de son ami, avait constaté que ce n'était pas Rudolf, mais son scalp, ce qui lui semblait absolument inconcevable, si bien qu'il avait cédé au besoin qu'il éprouvait d'embrasser la tête sans corps de Rudolf, rasée par la machine de la guerre, ses yeux, son nez, sa bouche, ses joues et son front, encore et encore, de se barbouiller du sang de Rudolf, comme s'il pouvait, avec ce sang, ressouder la tête et le corps de son ami, lui réinsuffler la vie, et cela sous une pluie de grenades et de balles. Les camarades, dans leur tranchée, regardaient l'étrange spectacle avec des yeux remplis d'effroi, tout en envoyant sans relâche, depuis leurs positions respectives, la mort vers la tranchée ennemie.

Wilhelm ne poussa pas de hurlement, comme il l'avait fait ce jour-là, et son visage ne se déforma pas de souffrance. Au contraire, il pleura sans le moindre bruit. Imperceptiblement.

Les mains de Berta cherchèrent prudemment le chemin du visage de Wilhelm et, désemparée, elle sécha ses larmes, un peu maladroite, en évitant son regard. Il n'y avait plus rien à dire.

Wilhelm se leva, tourna les talons et sortit. Wilhelmine suivit son Wilhelm des yeux, perplexe, resta encore un instant plantée au milieu de la chambre numéro 66 et conclut : « Bon, eh bien, à bientôt, Berta ! On reviendra évidemment te voir ! » Alors, Berta déposa les fleurs dans les bras de Wilhelmine, d'un geste si décidé qu'il semblait inapproprié de protester. Puis elle chercha le regard de la sage petite vieille, dit : « Aha », haussa les épaules et eut un petit rire.

Et Wilhelmine sortit.

## LA MÉLANCOLIE ET LE SILENCE BRÛLANTS ÉTAIENT-ILS ENCORE LÀ ?

Après avoir tourné et retourné dans sa tête les pour

et les contre, les si et les mais, sans résultat, Berta Un-homme-te-fait-une-promesse-et-tu-es-perdue finit par demander conseil à la sage petite vieille. « Le regard de ma Berta et celui de mon Rudolf aussi étaient pleins d'intériorité. Pas vrai. Pas vrai ? Mais alors pourquoi, si je peux me permettre de vous poser la question, mémère, pourquoi ma Berta ressemble-t-elle si peu à la madone du tableau, et mon Rudolf si peu à l'Enfant Jésus ? »

La sage petite vieille, qui se tournait les pouces, ne répondit pas.

« Si je peux me permettre de vous demander votre avis. Se pourrait-il que les enfants, après, aient eu l'air particulièrement marqués par les griffes de la vie ? Je veux dire. Il serait tout à fait possible que les griffes de la vie m'aient bernée ? Est-ce que c'est exclu ? »

La sage petite vieille joignit les mains, se mit à réciter avec ardeur un *Je vous salue, Marie*.

Berta Un-homme-te-fait-une-promesse-et-tu-es-perdue avait cru qu'il suffirait que l'administration de la forteresse lui rende sa chaîne avec la madone de fer-blanc pour qu'elle sache si les griffes de la vie lui avaient joué un mauvais tour ou si c'était elle qui s'était jouée de celles-ci. Mais peut-être avait-elle simplement eu besoin de la petite madone pour l'interposer entre elle et ce que ses yeux avaient vu lorsque ses mains accomplissaient leur œuvre. Mystère.

Berta Un-homme-te-fait-une-promesse-et-tu-es-perdue n'avait pas obtenu avec la madone de fer-blanc ce regard tourné vers l'intérieur dont elle croyait toujours qu'il lui permettrait de vaincre les griffes de la vie. Ce n'est que lorsqu'elle avait passé la chaîne avec la petite madone au cou de Wilhelmine que tous ses doutes et ses ruminations étaient tombés d'elle comme les feuilles mortes d'un arbre, et elle avait alors compris qu'elle resterait la perdante face au poids des choses, que la vie et ses griffes étaient victorieuses. La mélancolie et le silence brûlants étaient-ils encore là ? Le regard tourné vers l'intérieur de Berta au rire gêné n'en disait rien. Mystère. Mais parfois s'allumait dans les yeux de Berta la lueur de ce que la petite vieille appelait la blessure de la vie.

## UNE NOUVELLE RESPONSABILITÉ POUR LA SAGE PETITE VIEILLE

La petite vieille, avec son regard rompu aux questions de la blessure de la vie, avait immédiatement saisi ce qui s'était joué le 13 janvier 1963.

« La blessure de la vie, cela ne fait aucun doute,

se permet de remettre en question ma capacité à encourager la guérison de Berta Schrei. »

Empêcher cela étant son devoir le plus sacré, elle se mit à philosopher dans le but de reléguer cette journée si riche en inconvenances et en événements au rang de bagatelle. Le genre de bagatelles, cependant, qui nuisaient à la réputation de la forteresse, pervertie en exécutante d'une éducation qui avait échoué, là où Sodome et Gomorrhe faisaient des ravages, où régnait la blessure de la vie, où sombrait Babylone. Or, cela, sans aucun doute, constituait une offense mémorable au travail qu'accomplissait de manière exemplaire la forteresse, élue pour produire des saints.

En d'autres termes, la petite vieille n'admettait pas que l'on conteste son mérite d'avoir, si ce n'est enfanté, du moins coengendré Berta au petit rire gêné. Surtout pas si c'était l'œuvre de la blessure de la vie, qui s'était imposée de manière aussi éhontée dans la chambre numéro 66.

Le 14 janvier 1963, la sage petite vieille devint l'avocate de Berta Schrei, ce qui constituait sans aucun doute une responsabilité lourde à porter pour elle.

Le 14 janvier 1963, Berta Schrei lava de sa vie l'homme, la promesse et la perdition. C'est du moins ce qu'affirma la vieille, qui la regarda faire.

Debout devant le lavabo, Berta se lava lentement, posément. Avec la sueur d'un cauchemar qui l'avait hantée la nuit précédente, Berta Un-homme-te-fait-une-promesse-et-tu-es-perdue prit le chemin de la bonde en même temps que l'eau de la toilette du matin et finit sa course dans les égouts de la forteresse.

« Cet éveil qui est le tien, chère Berta, tu le dois, sans aucun doute, à notre forteresse. La vie, ce mauvais rêve, t'a quittée en même temps que la sueur. Pas vrai, ma chère Berta ? La vie n'est qu'un mauvais rêve ? »

Berta eut un petit rire.

« Eh oui. La culpabilité suinte de ce rêve. Sans aucun doute. Nulle part ce rêve ne te laisse en paix, partout il te hante. Nulle part ce rêve ne t'accorde le sein libéré de sa culpabilité, partout il te consume avec Sodome et Gomorrhe. Dis-le toi-même, ma chère Berta. Lavé, le spectre qui te hante, rincé, le mauvais rêve, renversé, le colosse de la vie, ainsi il n'y a plus de Sodome et Gomorrhe, plus de culpabilité, et plus de rêve.

« C'est ainsi, ma chère Berta. Eh oui. La forteresse a entendu tes prières. Elle te parle, elle intercède pour toi auprès de Dieu, auprès des saints. Elle connaît les formules de ta délivrance. Elle te livre ton secret. Eh oui. Écoute, Berta Schrei. Tu as été élue pour la paix éternelle. Je te bénis : *Ego te absolvo*. »

Berta eut un petit rire.

« Et cela, sans aucun doute, ma chère Berta, c'est à la forteresse que tu le dois. Elle seule entend tes prières. Elle seule t'aime. Elle te reconnaît. Elle te ressent. Elle intercède pour toi auprès de Dieu, auprès des saints. »

Berta eut un petit rire.

# *Postface*

# SUR MARIANNE FRITZ

DE TOUTES LES FLÈCHES biaisées du carquois des critiques, celle estampillée «génie» semble décochée d'une manière des plus imprévisibles. Plutôt que de constituer un réel éloge, elle tend, dans son utilisation courante, à permettre au critique de se mettre en avant et de revendiquer ainsi sa capacité d'évaluer ce don sublime. Pourtant, au-delà des artisans talentueux de la trempe de Richard Ford ou de ceux qui plaisent aux foules et dont l'affabilité jette le doute sur leur intégrité, il existe une catégorie d'artistes dont l'œuvre est si étrange et si extraordinaire qu'elle échappe à toute échelle de valeur entre le bon et le médiocre : génie et folie sont les seuls qualificatifs propres à rendre compte de leur démesure.

C'est le cas de la romancière autrichienne Marianne Fritz (1948–2007), dont les ouvrages sont peu connus en dehors d'une communauté, certes réduite, de fervents admirateurs. Les louanges, bien que rares, ne sont ni tièdes ni négligeables : de 1978, date à laquelle elle a reçu le premier prix Robert-Walser pour *Die Schwerkraft der Verhältnisse* (*Le poids des choses*), son premier roman, à 2001, année où elle a remporté le très prestigieux prix Franz-Kafka, son travail a obtenu plusieurs récompenses. De l'œuvre maîtresse de Fritz, *Naturgemäß* (« Dans la nature des choses », inédit en français), Elfriede Jelinek a écrit : « C'est une œuvre singulière, devant laquelle on ne peut que rester figé, comme un musulman dévot devant la Ka'ba. » W. G. Sebald lui a dédié quelques vers d'un poème tardif, « In Alfermée ». Ici, l'image de Fritz travaillant malgré son épuisement, « une main sur les touches de sa machine », rappelle le passage des *Anneaux de Saturne* sur la mélancolie des savants et des tisserands, « entravés dans les machines inventées par nous[1]. »

Thomas Bernhard exprime quant à lui un point de vue opposé quand il s'adresse en 1986 à son éditeur, le très estimé Siegfried Unseld, avec un charme caractéristique :

> Avant mon départ, j'ai de nouveau jeté un coup d'œil à votre récente catastrophe éditoriale : les trois mille pages que vous avez fait imprimer et laissé paraître sont la plus grande honte dont j'aie eu connaissance à ce jour. Impri-

1. W. G. Sebald, *Les anneaux de Saturne,* traduit de l'allemand par Bernard Kreiss, Arles, Actes Sud, 1999, p. 332.

mer et relier plus de trois mille pages de bêtise prolétarienne avec toute la grandiloquence d'un événement centenaire mérite, très franchement, une place dans le livre des records : un record mondial d'ineptie. Je ne parle pas tant de la conceptrice de cette idiotie, mais du fait que l'éditeur s'est handicapé lui-même en publiant cette stupidité vulgaire.

Le projet qui a suscité ces excès de vénération et de dérision débute avec *Le poids des choses,* suivi deux ans plus tard par *Das Kind der Gewalt und die Sterne der Romani* (« L'enfant de la violence et l'étoile des Roms », inédit en français). Alors que *Le poids des choses* couvre les années 1945–1963, Fritz aborde dans son deuxième roman la période qu'elle considère comme centrale dans la compréhension du désastre de la civilisation occidentale : celle des années qui entourent la Première Guerre mondiale. L'action du roman se concentre sur Kaspar Zweifel, un jeune homme sensible qui rêve de partir pour l'Amérique. En 1914, il perd sa bien-aimée et est enrôlé dans l'armée austro-hongroise, envoyé sur les champs de bataille suicidaires de l'Isonzo, dans l'actuelle Slovénie. De retour au village de Gnom, il reprend la ferme de son père, fait un mariage conventionnel et commence à se plaindre du « métissage » de la campagne autrichienne. Une nuit, ivre, il viole une Tsigane, qui fuit ensuite la région avec les siens, par crainte d'autres actes de violence. La Tsigane revient en juin 1923 et abandonne l'enfant de Zweifel dans le presbytère du village.

Le roman passe presque inaperçu. Son sujet provocateur, son ton amer et sa structure alambiquée ne conviennent pas à un lectorat large, son refus des visées résolument avant-gardistes du célèbre Groupe de Graz laisse l'establishment littéraire de Vienne indifférent. Pourtant, c'est un tournant pour Fritz, en raison des écarts stylistiques du roman, mais aussi de sa véhémence exacerbée et de son ambition.

Cinq ans plus tard, elle publie un ouvrage au titre provocateur, *Dessen Sprache du nicht verstehst* (« Dont tu ne comprends pas la langue », inédit en français), le prodige de 3 392 pages objet des sarcasmes de Bernhard. Il était naturel que la discussion critique entourant un livre d'une telle ampleur ne se limite pas à sa portée littéraire. Les néologismes de Fritz, ses fautes d'orthographe intentionnelles et sa volonté d'enfreindre les règles de grammaire, pour créer un idiome poétique excentrique, bloquent l'analyse du texte dans le programme informatique de traitement des fautes utilisé par son éditeur, et son correcteur abandonne après un millier de pages, arguant qu'il lui est impossible de faire la part entre les erreurs et les déformations caractéristiques du style de l'auteure. Les critiques proposent de faire figurer le livre de Fritz dans un classement au poids et parlent ouvertement du passage où ils ont abandonné leur lecture.

*Dessen Sprache du nicht verstehst* est la chronique des Null, une famille pauvre résidant au numéro zéro du chemin Nullweg, dans le village de Nirgendwo[2], en juin et en juillet 1914. Thomas K. Falk, dans *World Literature Today,* souligne l'importance de cette date non seulement en raison de l'imminence de la Grande Guerre, mais aussi parce qu'elle marque la période où l'économie agraire traditionnelle cède la place à l'industrialisation, quand ceux qui travaillaient jusqu'alors la terre deviennent un appendice méprisé et négligé de l'État capitaliste moderne. C'est dans ce roman que la partialité de Fritz en faveur des humiliés et des offensés devient explicite : le patriarche, Josef Null, est tué lors d'une manifestation ouvrière, ainsi que son troisième fils, Josef II ; l'un de ses frères, le dostoïevskien August, ouvrier agricole et anarchiste, assassine les parents de sa petite amie Wilhelmine, propriétaires terriens ; un autre frère, déserteur, est pourchassé par l'armée, puis fusillé. Leur mère est enfermée dans la forteresse mentionnée pour la première fois dans *Le poids des choses,* et leur maison, détruite, de peur qu'elle ne rappelle la possibilité d'une résistance.

Onze ans plus tard, *Naturgemäß* commence à paraître : cinq volumes en 1996, puis cinq autres en 1998, soit près de sept mille pages reproduites directement du manus-

2. C'est-à-dire : la famille Nulle, résidant au numéro zéro du chemin Nul, village de Nulle-Part.

crit de Marianne Fritz. En grande partie situé à Przemyśl, un « éternel territoire de mort » dans le sud-est de la Pologne, le livre analyse la vie de nombreux personnages présents dans les précédents romans couvrant les années de guerre 1914–1915. L'éditeur juge impossible de mettre en pages la première partie du livre : la version imprimée consiste en un fac-similé relié du tapuscrit. Au début, Fritz se contente d'utiliser des polices de caractères, des marges et des espacements variés, ainsi que des marqueurs typographiques inhabituels, mais, lorsqu'elle apprend la forme que prendra le livre publié, elle se met à incorporer des dessins, des cartes et un code de repérage destinés à établir des liens entre différents personnages et situations. Elle ajoute également des copies des innombrables aide-mémoire – sa deuxième mémoire, selon son compagnon Otto Dünser – qu'elle utilise comme répertoire des centaines de personnages et noms de lieux, ainsi que des milliers d'événements qui composent son roman. (Un critique s'est plaint que le lecteur était obligé de tourner le livre comme un volant.) Dans son opposition à la narration unilinéaire, Fritz se passe largement du paragraphe traditionnel : le texte est souvent inversé ou écrit de biais, ou encore une lettre centrale forme l'axe de trois mots qui s'y appuient, et dont les lettres sont courbées pour s'insérer dans un dessin qui semble représenter une phase oblique de la lune décroissante.

*   *   *

La comparaison avec Joyce, à la fois évidente et inopportune, est le fait de critiques appartenant ou non au monde germanophone. Sur fond d'évidentes différences de ton, de sujet et de méthode de travail, se dresse l'ombre du génie masculin, archétype auquel une auteure doit être comparée. Si elle passe l'épreuve, elle mérite le titre de «Joyce au féminin», si elle n'est pas à la hauteur, son œuvre est discréditée et taxée d'extravagance. Les écrivaines d'une telle ambition souffrent aussi de l'absence d'équivalent féminin au stéréotype du «génie fou» : la folie des femmes ne peut évoquer la noblesse des regrettés Nietzsche ou Thomas Chatterton. Elle est classée parmi les aberrations des hystériques et vieilles filles.

Marianne Fritz représente peut-être un cas limite de la dissolution de la vie dans la littérature. Dans le petit appartement qu'elle partageait avec son compagnon dans le VII$^{e}$ arrondissement de Vienne, aujourd'hui préservé pour les visiteurs, les murs sont couverts du sol au plafond d'étagères remplies de livres, d'étuis à cartes et de boîtes à fiches : aucun espace n'est prévu pour recevoir ou se détendre, aucune concession n'est accordée aux exigences de la vie quotidienne. Lorsqu'elle avait de l'inspiration, elle ne quittait pas sa salle de travail durant des semaines : c'est seulement quand elle choisissait de prendre une «pause philosophique pour réfléchir» qu'elle découvrait la saison. Son travail transcendait le champ des possibles d'une auteure solitaire, et elle a engagé son compagnon pour jouer le difficile rôle d'archiviste : il lui rapportait des miméographies de correspondances de guerre, des revues de presse, des dossiers ministériels et des plans de bataille. «Mon travail, c'était de sortir, se souvient Dünser. Au début, nous faisions des recherches ensemble aux Archives de guerre de la Stiftgasse. Nous avions trente mille photos à examiner. Puis elle m'a dit : Otto, c'est toi qui vas le faire.»

Peut-être un topos fictionnel aussi dense et vaste que celui de Fritz ne se conçoit-il que dans l'isolement; peut-être, à l'instar d'un membre fantôme, un tel monde imaginaire apparaît-il seulement après que la réalité conventionnelle a été supprimée. Dire cela, ce n'est pas réduire le travail de Fritz à des hallucinations aléatoires ni remettre en question son intégrité artistique. Bien au contraire, de la même manière que Rimbaud a défendu le raisonné dérèglement de tous les sens, Fritz s'est soumise aux conditions nécessaires pour repenser la guerre dans toute sa sidérante complexité, et on doit y voir un geste conscient et programmatique.

Dans *Naturgemäß III,* son travail se concentre sur *Der Giftpilz* («Le champignon vénéneux»), un livre jeunesse antisémite, qui rencontra un vif succès, écrit par Ernst Hiemer et publié par l'idéologue nazi Julius Streicher. Le schéma du texte original est inversé, et c'est le nazisme plutôt que le judaïsme qui devient le champignon vénéneux poussant dans le sol autrichien. Pour l'écrivain et critique Klaus Kastberger, cet épisode conduit à la question essentielle pour comprendre l'œuvre de Fritz : en quoi consiste l'expérience subjective d'un désastre tel que le national-socialisme ? Paradoxalement, l'approche à la première personne ou l'approche indirecte libre est inadéquate, car l'expérience intérieure occulte le contexte historique et social qui la détermine. Pour Fritz, la fidélité devait être trouvée dans la reconstitution minutieuse d'une société jusqu'à ses fondements mêmes et, dans cette perspective, rien n'était insignifiant. L'imagination visait moins à façonner des personnages et des événements à partir d'un matériau exhaustif qu'à combler les lacunes de la documentation officielle à travers lesquelles avait filtré la vie de tant d'individus du bas de l'échelle sociale :

> ce qui me touche, ce sont les « espaces vides », le « non établi », le « biffé », le « non mentionné », le « non pertinent », le « superflu », le « redondant », le fait que tant d'« informations » sont en fait vécues [...][3].

L'écriture de Fritz a été qualifiée de contre-histoire ou d'écriture contre l'histoire, mais c'est aussi une contre-

3. Extrait d'une lettre de Marianne Fritz à son éditeur, incluse dans le volume *Was soll man da machen* (« Qu'est-ce qu'on peut y faire »).

historiographie, un renversement de la théorie du grand homme (et de la notion de libre arbitre qui la sous-tend) à travers la mise en scène d'événements historiques qui s'imposent à leurs protagonistes radicalement passifs. Cette œuvre n'est pas pour autant dépourvue de conviction morale. Fritz, qui était issue d'un milieu modeste et ne s'est orientée vers la littérature qu'après des études de secrétariat, fait preuve d'un mépris total pour les structures d'oppression de classes. L'ensemble de son œuvre vise à défendre la vie des pauvres, hommes et surtout femmes, expulsés de la société autrichienne dans la première moitié du XX^e^ siècle et écrasés comme des cafards sous la meule de l'histoire. Dans les injustices des temps passés, la liberté n'est pas absente, elle demeure dans l'œuvre d'art en tant qu'horizon imaginaire : l'espace de l'esprit rêveur qui ne peut que se détourner de sa propre dégradation, et de la compulsion de transgression qui l'imprègne comme une vocation.

— Adrian Nathan West

*Traduit de l'anglais (États-Unis)*
*par Elsa Maggion*

MARIANNE FRITZ

Marianne Fritz (1948–2007) est une romancière autrichienne. Elle a vécu la majeure partie de sa vie adulte dans un petit appartement du VIIe arrondissement de Vienne, se consacrant entièrement à son écriture et dépendant de petites subventions et des sommes perçues pour des prix occasionnels. Son premier livre, *Le poids des choses,* marque le début d'un cycle ambitieux de romans portant le titre général de *Die Festung,* ou « La forteresse », comprenant *Das Kind der Gewalt und die Sterne der Romani, Dessen Sprache du nicht verstehst,* et le tentaculaire *Naturgemäß,* dont elle préparait le troisième volume au moment de sa mort.

STÉPHANIE LUX

Stéphanie Lux, née en 1978, vit à Berlin. Traductrice, entre autres, de Clemens J. Setz (prix Georg-Büchner 2021), Stephanie Haerdle (*Fontaines : histoire de l'éjaculation féminine de la Chine ancienne à nos jours*), Annette Hess (*La maison allemande*), Paula Fürstenberg, Julia von Lucadou (*Sauter des gratte-ciel*), Andrea Maria Schenkel, Michael Köhlmeier et Jens Harder (*Alpha, Beta, Gilgamesh*), elle a été de 2018 à 2020 la tutrice de l'atelier de traduction allemand-français du programme Georges-Arthur Goldschmidt. Elle est lauréate du prix Nerval-Goethe 2020 pour sa traduction de *Katie,* de Christine Wunnicke, parue chez Chambon. Depuis 2013, elle rejoint occasionnellement l'équipe de la librairie indépendante berlinoise Anakoluth.

## ADRIAN NATHAN WEST

Adrian Nathan West est l'auteur de *The Aesthetics of Degradation* ainsi que le traducteur de nombreuses œuvres de la littérature européenne contemporaine. Il vit entre l'Espagne et les États-Unis avec la critique de cinéma Beatriz Leal Riesco.

## ELSA MAGGION

Née en 1979, Elsa Maggion traduit de l'anglais vers le français des auteurs tels qu'Alex Michaelides, Lee Child et Kent Anderson, ainsi que des articles dans le domaine des arts. Elle a aussi traduit un scénario pour le cinéma.

LE QUARTANIER ÉDITEUR
Collection « Série QR » – *fiction, poésie, essai*

ARCHIBALD, Samuel, *Saint-André-de-l'Épouvante*
ARSENAULT, Mathieu, *La vie littéraire*
ARSENAULT, Mathieu, *Le guide des bars et pubs de Saguenay*
ARSENAULT, Mathieu, *La morte*
BÉDARD, Laurie, *Ronde de nuit*
BÉDARD, Laurie, *Les univers parallèles*
BÉLAIR CLÉMENT, Sophie, *Tandis que la fleur d'une hydrangée posée sur le sous-main en cuir résiste à la décoloration*
BERGERON, Mathieu, *La suite informe*
BIRON, Charlotte, *Jardin radio*
BLAIS, M. K., *Tabloïd*
BLAIS, M. K., *Ornithologie*
BOILY, Mathieu, *Cœur tomate*
BOILY, Mathieu, *Jieux*
BOILY, Mathieu, *À l'eau froide les ombres*
BORDELEAU, Érik, *Foucault anonymat*
BORDELEAU, Érik, *Comment sauver le commun du communisme ?*
BOUCHARD, Hervé, *Mailloux*
BOUCHARD, Hervé, *Parents et amis sont invités à y assister*
BOUCHARD, Hervé, *Numéro six*
BOUCHARD, Hervé, *Le faux pas de l'actrice dans sa traîne*
BOUCHARD, Hervé, *Le père Sauvage*
BOUDREAULT, Dany, *Corps célestes*
BREA, Antoine, *Méduses*
BREA, Antoine, *Roman Dormant*
BREA, Antoine, *Récit d'un avocat*
BREA, Antoine, *L'instruction*
BREA, Antoine, *L'Enfer de Dante mis en vulgaire parlure*
BRISEBOIS, Patrick, *Trépanés*
BRISEBOIS, Patrick, *Chant pour enfants morts*
BRISEBOIS, Patrick, *Le modèle de Nice*

CHABOT, J. P., *Le livre de bois*
CHABOT, J. P., *Le chemin d'en haut*
CHARRON, Philippe, *Supporters tuilés*
CHARRON, Philippe, *Journée des dupes*
CHARRON, Philippe, *Superballe*
CLICHE, Anne Élaine, *Jonas de mémoire*
CLICHE, Anne Élaine, *La pisseuse*
CLICHE, Anne Élaine, *Tu ne te feras pas d'image*
CLICHE, Anne Élaine, *La sainte famille*
CLICHE, Anne Élaine, *Le danseur de La Macaza*
COMTOIS, Marie-Ève, *La consolatrice des affligés*
COPPENS, Carle, *À qui se méfier*
CORBEIL, Guillaume, *Trois princesses*
CORBEIL, Guillaume, *Le meilleur des mondes*
COURTOIS, Grégoire, *Révolution*
COURTOIS, Grégoire, *Suréquipée*
COURTOIS, Grégoire, *Les lois du ciel*
DAVIES, Kevin, *Comp.*
(trad. de l'anglais par Xandaire Sélène)
DE GAULEJAC, Clément, *Le livre noir de l'art conceptuel*
DE GAULEJAC, Clément, *Grande École*
DE GAULEJAC, Clément, *Les artistes*
DE KERVILER, Julien, *Les perspectives changent à chaque pas*
DESMARAIS, Nelly, *Marche à voix basse*
DESMEULES, Anne-Marie, *Nature morte au couteau*
DESMEULES, Anne-Marie, *Envies*
DIMANCHE, Thierry, *Cercles de feu*
DIONNE, Charles, *La main invisible*
DIONNE, Charles, *Navettes*
DUFEU, Antoine, *AGO, autoportrait séquencé de Tony Chicane*
FARAH, Alain, *Quelque chose se détache du port*
FARAH, Alain, *Matamore nº 29*
FARAH, Alain, *Pourquoi Bologne*
FARAH, Alain, *Mille secrets mille dangers*
FLEURY, Sara-Ànanda, *Western spaghetti*

FRICKE, Lucy, *Les occasions manquées*
(trad. de l'allemand par Isabelle Liber)
FRITZ, Marianne, *Le poids des choses*
(trad. de l'allemand par Stéphanie Lux)
FROST, Corey, *Tout ce que je sais en cinq minutes*
(trad. de l'anglais par Christophe Bernard)
GAGNÉ, Louis, *Une mouche en novembre*
GAGNON, Renée, *Des fois que je tombe*
GAGNON, Renée, *Steve McQueen (mon amoureux)*
GAGNON, Renée, *Emparée*
GENDREAU, Vickie, *Testament*
GENDREAU, Vickie, *Drama Queens*
GENDREAU, Vickie, *Shit fuck cunt*
GIGUÈRE, Nicholas, *Freak Out in a Moonage Daydream*
GIRARD, Rodolphe, *Marie Calumet*
HUYGHEBAERT, Céline, *Le drap blanc*
LAFLEUR, Annie, *Rosebud*
LAFLEUR, Annie, *Bec-de-lièvre*
LAFLEUR, Annie, *Ciguë*
LALONDE, Catherine, *La dévoration des fées*
LALONDE, Catherine, *Cassandre*
LALONDE, Catherine, *Corps étranger*
LAMBERT, Vincent, *Mirabilia*
LAPERRIÈRE, Charles-Philippe, *Barbare amour*
LAPERRIÈRE, Charles-Philippe, *Gens du milieu*
LEBLANC, David, *Mon nom est Personne*
LEDUC, Simon, *L'évasion d'Arthur ou La commune d'Hochelaga*
MACKAY, Xavière, *Pont Rhodia*
MACKAY, Xavière, *Contrées*
MALLA, Pasha, *Nos grands-pères les fantômes*
(trad. de l'anglais par Christophe Bernard)
MORIN, Alexie, *Chien de fusil*
MORIN, Alexie, *Ouvrir son cœur*
MORIN, Alexie, *Scénarios catastrophes*
NATHANAËL, *Carnet de désaccords*

NATHANAËL, *Carnet de délibérations*
NATHANAËL, *Carnet de somme*
NATHANAËL, *N'existe*
NATHANAËL, *Underground*
NATHANAËL, *Le cri du chrysanthème*
NICHOL, bp, *Trois contes de l'Ouest,* précédé de *Tête de plage* (trad. de l'anglais par Christophe Bernard)
NICOL, Patrick, *La nageuse au milieu du lac*
NICOL, Patrick, *Vox populi*
NICOL, Patrick, *Les manifestations*
NICOL, Patrick, *J'étais juste à côté*
OUELLET TREMBLAY, Laurance, *La vie virée vraie*
PHANEUF, Marc-Antoine K., *Cavalcade en cyclorama*
PLAMONDON, Éric, *Hongrie-Hollywood Express*
PLAMONDON, Éric, *Mayonnaise*
PLAMONDON, Éric, *Pomme S*
PLAMONDON, Éric, *1984*
PLAMONDON, Éric, *Donnacona*
PLAMONDON, Éric, *Aller aux fraises*
POULIN, Patrick, *Morts de Low Bat*
RÉGNIEZ, Emmanuel, *L'ABC du gothique*
RIOUX, François, *Soleils suspendus*
RIOUX, François, *Poissons volants*
RIOUX, François, *L'empire familier*
ROBERT, Jocelyn, *In Memoriam Joseph Grand*
ROCHERY, Samuel, *Tubes apostilles*
ROCHERY, Samuel, *Mattel*
ROCHERY, Samuel, *Label Ventriloquie*
ROCHERY, Samuel, *Tubes et Odes*
ROCHERY, Samuel, et SAVAGE, Steve, *Lutterie électrique : sur une certaine façon de se conduire en poésie*
ROUSSEL, Maggie, *Les occidentales*
ROUSSEL, Maggie, *À l'œil nu*
ROY, Patrick, *Pompéi*
RYCKEBUSCH, Lucille, *Le sang des pierres*

SAVAGE, Steve, *2 × 2*
SAVAGE, Steve, *mEat*
SAVAGE, Steve, *Nathalie*
SAVAGE, Steve, *Mina Pam Dick*
SAVAGE, Steve, *DDA — Ducasse, Dostoïevski, Artaud*
SCHÜRCH, Franz, *Ce qui s'embrasse est confus*
SCHÜRCH, Franz, *De très loin*
SCHÜRCH, Franz, *Comédie*
SOLEYMANLOU, Mani, *Neuf (titre provisoire)*
TRAHAN, Michaël, *Nœud coulant*
TRAHAN, Michaël, *La raison des fleurs*
TRAHAN, Michaël, *Vie nouvelle*
TRUDEAU BEAUNOYER, Karianne, *Je suis l'ennemie*
TURGEON, David, *Les bases secrètes*
TURGEON, David, *La revanche de l'écrivaine fantôme*
TURGEON, David, *Le continent de plastique*
TURGEON, David, *Simone au travail*
TURGEON, David, *À propos du style de Genette*
TURGEON, David, *L'inexistence*
TURGEON, David, *La raison vient à Carolus*
VAILLANCOURT, Jean-François, *Esprit de corps*
WREN, Jacob, *Le génie des autres*
(trad. de l'anglais par Christophe Bernard)
WREN, Jacob, *La famille se crée en copulant*
(trad. de l'anglais par Christophe Bernard)

LE QUARTANIER ÉDITEUR
Collection « Polygraphe » – *roman & nouvelles*

ARCHIBALD, Samuel, *Arvida*
BAEZ, Isabelle, *Maté*
BERNARD, Christophe, *La bête creuse*
CLERMONT, Stéfanie, *Le jeu de la musique*
COPPENS, Carle, *Baldam l'improbable*
LARUE, Stéphane, *Le plongeur*
LEBLANC, Perrine, *L'homme blanc*
MESSIER, William S., *Le basketball et ses fondamentaux*
PETTERSEN, Geneviève, *La déesse des mouches à feu*
PLAMONDON, Éric, *Taqawan*
ROY, Patrick, *La ballade de Nicolas Jones*
ROY, Patrick, *L'homme qui a vu l'ours*

LE QUARTANIER ÉDITEUR

Collection « Parallèle » – *science-fiction, noir, horreur*

01 Grégoire Courtois, *Les agents*

02 Tristan Saule, *Mathilde ne dit rien*
*(Chroniques de la place carrée – 1)*

03 Tristan Saule, *Héroïne*
*(Chroniques de la place carrée – 2)*

*Notice typographique*

*LE POIDS DES CHOSES* est composé en Baskerville Original. Dessiné par František Štorm, ce caractère est une réinterprétation de Baskerville, créé par John Baskerville en 1754 et gravé sous sa direction par le graveur de poinçons John Handy. Baskerville est une réale, c'est-à-dire un romain de transition, qui s'inscrit dans la lignée du Romain du Roi, aussi appelé Grandjean. Son dessin raffiné et novateur, s'éloignant de l'écriture manuscrite dont l'influence se fait encore sentir dans les romains anciens, repose sur la rigueur géométrique. Baskerville se distingue par un contraste marqué entre les pleins et les déliés, et des lettres rondes, ouvertes, aux empattements délicats. Les déclinaisons numériques existantes étant peu adaptées aux presses d'aujourd'hui, et parfois incomplètes ou éloignées de l'esprit de l'original, František Štorm a entrepris d'en donner une réinterprétation personnelle et exhaustive, en se basant sur deux ouvrages composés dans ce caractère, imprimés par John Baskerville lui-même, en 1757 et en 1763 : les œuvres de Virgile en latin, et la Bible, son chef d'œuvre typographique. Baskerville Original, complété en 2014, est commercialisé par la fonderie Storm Type.

Achevé d'imprimer en juin 2022
dans les ateliers de Normandie Roto Impression S.A.S.
61250 Lonrai (Orne)
Numéro d'impression : 2202848
Dépôt légal : juillet 2022

—

*Imprimé en France*